十三歳の誕生日、皇后になりました。9

石田リンネ

ビーズログ文庫

目次

十三歳の誕生日、皇后になりました。9

人物紹介

暁月（あかつき）

赤奏国の皇帝。
「ちょうどいいから」と
莉杏と夫婦に!?

蕗莉杏（ろ りあん）

まだ十三歳の
赤奏国の皇后。
暁月のことが大好き。

将来有望な若手文官。
莉杏の教師も兼ねる。

翠家の嫡男で武官。暁月とは
幼いころからの付き合い。

進勇の従妹で、
数少ない女性武官。

武官。暁月が
禁軍にいたときの部下。

暁月の乳兄弟で従者。
文官を目指していた。

ムラッカ国の第九王子。
莉杏たちが保護した。

バシュルク国の
傭兵をしている少女。

叉羅国の王女。誘拐された
ところを莉杏に保護される。

叉羅国の司祭。
ヴァルマ家の当主。

イラスト／Ｉｚｕｍｉ

序章

かつて大陸の東側に、天庚国という大きな国があった。

天庚国は大陸内の覇権争いという渦に呑みこまれ、分裂する形で消滅した。

新たに誕生した国は、黒槐国、采青国、白楼国、赤奏国の四つである。

このうち、南に位置する赤奏国は、国を守護する神獣を『朱雀』に定めた。

慈悲深い朱き鳥である朱雀神獣は、いつだって皇帝夫妻と民を慈しんでいる――……

と言われている。


赤奏国の皇帝『暁月』は十八歳の青年、皇后『莉杏』は十三歳の少女だ。

この若き皇帝夫妻は、滅亡の道を歩んでしまった赤奏国を見事に救い、平和で活気ある未来を民と共に目指している最中である。

勿論、皆は暁月のことを慈悲深い名君だと讃えているけれど――……真実は違った。

暁月との距離が近い人ほど、暁月の評価は『慈悲深い』から遠ざかっていくのである。

――路地裏で気の弱そうな人から金品を巻き上げていそう。

――人を煽る天才。向いている職業が他にある。

──小さいころからなにを考えているのかわからなくて怖い。

親しい人からの評価は散々だけれど、例外はある。それは皇后『莉杏』からの評価だ。莉杏だけは暁月を本気で慈悲深い名君だと思い、支えてくれていた。

「恋っていうのはやっかいだな……」

暁月は、異国で外交をがんばっている最中の莉杏にため息をつく。

莉杏には自身の恐ろしい部分を正直に見せているのに、莉杏は暁月を恐れない。おそらく〝恋〟の力が働いているのだろう。

いつか自分もそうなるのだろうかと想像してみたけれど、絶対に嫌だねという言葉しか出てこなかった。

「陛下、お茶をどうぞ。それからお茶のついでにこちらもどうぞ」

「…………」

従者の沙泉永が茶を出してきたあと、大量の紙も渡してくる。

泉永の仕事は暁月の身の回りの世話だ。政に関わる書類を扱うことはない。仕事でもないのに、この大量の書類は一体なんだろうか。

「宝飾品……？」

「それ以外のものもありますよ。書物や茶器、筆記具に布……。皇后陛下の誕生日の贈りものの例を一覧にしておきました。ここ最近、誕生日の贈りものを追加しようかと迷って

いらっしゃるようだったので」

暁月は泉永のお節介を鬱陶しく思ったけれど、無言を貫いた。勝手なことをするなという気持ちはたしかにあるけれど、正直なところ助けられてしまったのだ。

皇帝として皇后を祝うのは行事のようなものである。礼部にやっておけと言うだけだ。

後宮でも女官長たちが莉杏をしっかり祝うだろう。

莉杏の祝いはそれで充分のはずだけれど、暁月は莉杏の誕生日の贈りものを夫としても

用意していた。しかし、これだというものにならなかったのだ。

「皇后陛下はどんなものでも喜んでくださいます。皇帝陛下にお祝いする気持ちがあれば

いいんですよ」

泉永は暁月の迷いを感じ取って助言してくれたけれど、暁月はそれを鼻で嘲笑ってやる。

「そんなこと、おれが一番わかっているんだよ。その辺の雑草を千切って渡しても、あい

つは大喜びするんだよねぇ。単純なやつは本当に助かるって」

皇帝として皇后を祝うだけでも莉杏は喜ぶし、おめでとうと言うだけでもいい。

それでもこれでよかったのだろうかと迷ってしまうのは、馬鹿馬鹿しい理由があるから

だろう。

「これは全部おれの自己満足なんだよ。……手間暇かけたことでおれが喜ぶんだ。あいつ

がどう思うのかは関係ない」

晩月がうんざりした口調で言えば、泉永は静かに下がっていった。引き際というものを知っている泉永は、だからこそ暁月の信頼を得ているのである。

（あいつの好みなんておれが一番よく知っている。だから……って、ああ、なんでおれがこんなに悩まないといけないわけぇ？）

暁月は、泉永に渡された紙をぐしゃぐしゃにする。

幼い莉杏に向けている感情は〝恋愛〟ではない。今のところは家族のような情だろう。それだけは断言できる。

――けれども、今でさえこうやって誕生日の贈りものに頭を悩ませているのだ。いつか恋をしてしまったらどうなるのだろうか……と嫌な予感がしてしまった。

一問目

白楼国の支援を得ている赤奏国は、順調に復興していた。

最近は周辺国からの評価も高くなってきていて、戦争終結に向けた会談の仲裁役を依頼されるほどである。

会談の仲裁役というのは、話し合いをする二国の間に立ち、双方の主張をしっかり聞き、「互いに譲歩しなさい」と説得して話し合いがまとまるようにしなければならない。つまり赤奏国は、二つの国から「赤奏国に説得されたらしかたない……」と思わせる力がある国だと認められたということでもあるのだ。

この戦争をしていた二つの国とは、バシュルク国とムラッカ国である。

バシュルク国は、赤奏国にとって遠い西の国だ。

ムラッカ国は、赤奏国の西側と接している国で、戦争をしたがるやっかいな国でもある。

そして、ムラッカ国とバシュルク国の話し合いの場所は、赤奏国の南西方向にある叉羅国に決まった。

会談に派遣される赤奏国の使節団の責任者となった皇后『莉杏』は、最初の方は順調な旅をしていた。しかし、途中から様々な事件に振り回されてしまう。

まずはムラッカ国の第九王子カシラム・シーカンリークとの出会いだ。兄王子に殺されそうになって逃げてきたカシラムを、莉杏たちは保護することになった。

次はバシュルク国の傭兵イル・オズトという少女との出会いである。彼女が子どもを庇って足を痛めたので、諜報目的でこちらに近づいてきたことはわかっていたけれど、共に会談の地へ行くことになった。

そして最後に、とんでもない事態に巻きこまれた。

叉羅国のルディーナ王女が誘拐されたことで、叉羅国内で内乱が発生するという展開になったのだ。

莉杏は、武官やカシラムやイルと共に赤奏国へ一度戻ることになった。

「……わたくしたちをずっと導いてくれてありがとう」

莉杏は、夜空を彩る星たちにお礼の言葉を述べる。

赤奏国に戻る旅はとても大変だった。

半日も経たないうちに、武官の翠碧玲を囮にして逃げることになったのだ。

その後、立ちよった街で誘拐されたはずのルディーナ王女を見かけ、武官の功双秋を囮にしてルディーナを保護した。

そこから、莉杏、ルディーナ、カシラム、イルの四人旅になる。

子どもたちだけの旅は不安しかなかった。そんな中で、莉杏はいつだって太陽や星に方角を教えてもらっていたのだ。

「……結局、わたくしとルディーナ王女は、イルとカシラム王子に逃がしてもらった」

叉羅国で、異国人狩りが始まっていた。

莉杏とルディーナは、太陽と星の導きの他に、カシラムとイルの力も借りて、ようやく赤奏国へ戻ることができたのだ。

莉杏は安全を確保したあと、ああよかったで終わりにしたくなくて、暁月の助けを借り、ルディーナにもがんばってもらい、叉羅国の内乱発生をぎりぎりで阻止した。

そのときに、カシラムとイル、碧玲や双秋、使節団の皆は、叉羅国の司祭ラーナシュに保護されていたと判明し、無事に再会することもできたのだ。

（逃げ続けるという皇后としての判断も、皇后を先に逃がすという海成の判断も、囮になると決めた碧玲と双秋の判断も、傭兵として皇后を守るというイルの判断も、なに一つ間違っていなかった。だから、みんながここにいる）

叉羅国の内乱騒動は、『大規模演習をしただけ』ということになった。

莉杏たちはなにもなかったという顔で、元の予定である『ムラッカ国とバシュルク国の話し合いの仲裁役』を果たさなくてはならない。

「わたくしはこれからもっとがんばります。どうかわたくしの陛下の代わりに、わたくしたちを見守ってくださいね」

莉杏は美しい星々に微笑んだあと、窓からそっと離れる。

叉羅国の首都で使節団の皆と再会できて、嬉しい気持ちでいっぱいになっているけれど、明日も忙しい。今夜は早く寝ないといけないのだ。


翌朝、莉杏たちは会談の場となる叉羅国の王宮に向かった。

馬車に乗って王宮の前まで行き、輿に乗り換えて中に入る。

すると、地面にまかれた色鮮やかな花々、華やかな音楽を奏でる楽団、百人どころではない多くの踊り子たち、花びらをまき続けてくれる使用人たちに大歓迎された。

（うわぁ……すごい……！）

莉杏は、皇后として常に穏やかに微笑むという練習をしている。けれども、あまりの絢爛豪華な光景に圧倒され、うっかりくちを大きく開けてしまいそうになった。

（煉瓦と乾いた風と花と緑……！　これが叉羅国の王宮……！）

見た目どころか、風も、匂いも違う。

莉杏が五感を使って叉羅国を味わっていると、小さな客人が現れた。

「あ……」

可愛らしい黄色の小鳥が莉杏の輿の中に飛びこんでくる。輿に飾りつけられている花々の匂いに誘われたのかもしれない。

「蜜を吸いにきたのかしら。お一つどうぞ」

莉杏がふふふと笑いながら小さな花を差し出せば、黄色の小鳥は花の茎をくわえ、ぱっと羽ばたいていった。

そうしているうちに、輿は建物の入り口で止まる。

莉杏は輿から降り、美しい模様が描かれている床に足をつけた。

(なにもかもが色鮮やかなのね!)

礼部の文官から、叉羅国の王宮の様子を聞いている。

けれども、話から想像していたものと、眼の前の光景はまったく違った。

建物の煉瓦の壁には隙間なく絵が描かれている。金、銀、赤、青、紫、緑……——様々な色で描かれているのは、叉羅国の神話と歴史だ。

大理石や石膏の柱には、神々や王族の彫刻が施されている。眼には宝石が使われていて、太陽の光を浴びてきらきらと輝いていた。

(王宮を一周したら、叉羅国の歴史が理解できるようになるはず)

時間があればみんなと一緒に探検してみたいけれど、おそらくそんな余裕はないだろう。とても残念だ。

「赤奏国の皇后殿、ようこそ叉羅国へ。我々は貴女たちを歓迎する。どうぞこちらへ」

叉羅国のもてなし役であるラーナシュ・ヴァルマ・アルディティナ・ノルカウス司祭が現れ、歓迎の言葉を述べたあとに歩き出した。

莉杏は視線だけを動かし、王宮内をあちこち見てみる。

――とにかく広い。そして、驚くほど風通しのいいつくりだ。窓は枠だけのものも多いし、部屋を区切るための扉もあまりない。

赤奏国人の莉杏たちは、このようなつくりの建物に慣れていない。気をつけていても迷ってしまうかもしれない。

「赤奏国の皇后殿がお見えになりました」

ラーナシュは、四つの階段を上った先にある一際大きくて豪華な扉の前で立ち止まり、衛兵に声をかけた。

衛兵は莉杏たちのために扉を恭しく開けてくれる。

莉杏は緊張しながらも背筋を伸ばしたままゆっくり入り、金糸と銀糸がたっぷり使われた絨毯の上を歩いていった。

玉座に座っているあの男性が、ルディーナの父であるタッリム国王だ。

「赤奏国の皇后、遠くからきてくれたことを感謝する。我らは王女に手を差し伸べてくれた皇后の訪問を待ち望んでいた。こうして歓迎できることを心から喜ばしく思う。これから我が王女と共に、平和と繁栄を築き上げ、愛と調和に満ちた時代を迎えてほしい」

タッリム国王は、莉杏に歓迎を表す言葉をかけてくれる。

莉杏は優雅に微笑んだあと、それに応える言葉を叉羅語で述べた。

「タッリム国王陛下、心温まる歓迎とお言葉に感謝を申し上げます。この美しい王国の壮大さと、陛下の素晴らしい心遣いは、わたくしの心へ永遠に刻まれることでしょう。わたくしはこの国の貴重な文化と歴史を尊重し、王女ルディーナとの友情は永遠であることを誓います」

莉杏は、タッリムの歓迎の言葉に合わせた返事をする。

海成たちが挨拶の内容を事前に五種類ほど考えてくれていたので、莉杏はその中から一番適したものを選び、自分が知っている叉羅語を使って、さらにより適したものに変えてみた。

タッリムは莉杏の挨拶が終わると、笑顔で何度も頷いてくれる。

（上手くできた気がする……！）

最初の挨拶で印象をよくしておくと、あとで失敗しても「しかたないね」と思ってもらえるようになるのだと、莉杏は祖母から教えられていた。

叉羅国の人は異国人をあまり好まないと聞いていたから不安だったけれど、この様子なら心地よく過ごせるだろう。

「光の神子（みこ）に導かれたという旅の話をゆっくり聞きたいところだが……まだやるべきことが色々あってな。楽しみは夜の歓迎会まで取っておこう。それまでは我が娘（むすめ）に王宮案内をさせるから、まずはこの王宮を楽しんでくれ」

「ありがとうございます」

タッリムはちらりと横を見る。そこには、待ちきれないと言わんばかりにそわそわしているルディーナがいた。

莉杏はルディーナに「お願いしますね」という気持ちをこめて微笑む。

「それではルディーナ、客人の案内をしてきなさい」

「はい！」

王女としての絢爛豪華な衣装（いしょう）を身につけたルディーナは立ち上がり、莉杏の元へやってきた。

「まずはお城の中にある庭を見ましょう！　お花がすごいのよ！」

こっち、とルディーナは歩き出す。

「すぐ近くに空中庭園があるわ。太陽に祈（いの）るときはここにくるの」

莉杏たちは、王宮内の二階にある庭へ連れていかれた。

初めて見る光景に、莉杏は感動してしまう。

「お花と空がとても近いです……！」

「年中なにかの花が咲いているわ。太陽の神を喜ばせるためなんですって」

「素敵な場所ですね……！」

莉杏が空中庭園の光景に喜んでいると、ルディーナは気分をよくする。

「そんなに気に入ったのなら、あとで貴女のお部屋にお花をもっていくわ。もしかすると素敵なことが起きるかもしれないわよ」

ルディーナは、なにが起きるかは内緒ねと笑う。

莉杏は楽しみですと言って微笑んだ。


王女ルディーナによる王宮案内は、ルディーナのお気に入りの場所やルディーナが出入りしているところばかりになってしまった。

莉杏はそれだけでも充分楽しかったけれど、海成たちは「避難に役立ちそうな経路の話は聞けませんでしたね」と苦笑する。

「また夕食会のときにね！」

「はい。楽しみにしています」

ルディーナによる王宮案内のあと、莉杏は赤奏国用の客室に入る。

部屋の探検の前に、まずは海成との打ち合わせだ。

「皇后陛下がルディーナ王女殿下と親しくなってくださったので、タッリム国王陛下への挨拶の順番は赤奏国が一番でした。仲裁役としての威厳が保ててよかったです」

「叉羅国では、挨拶の順番は仲よくしたい順番……でしたよね？」

莉杏が授業で習ったことを言葉にすると、海成はその通りですと頷いた。

「国によっては、最後の挨拶になると一番大事にされているという意味になります。その辺りのことは経験と共に少しずつ覚えていきましょう」

今回の会談では、叉羅国、ムラッカ国、バシュルク国の人たちと交流することになるので、文化の違いに気をつけなければならない。

勉強はしっかりしてきたので、あとは実践あるのみだ。

「皇后陛下、お話し中に失礼します。ルディーナ王女殿下からお花を頂きました。このまま窓に飾ってほしいとのことです」

早速、ルディーナから花が届けられた。

花は花束でも鉢植えでもない。水を入れた碗に色とりどりの花を浮かべたものだ。

「わぁ！　ターゲスもありますね！」

空中庭園に咲いていたターゲスという黄金色の可愛い花には、虫よけの効果があるらしく、この国ではどの家もターゲスを植えているのだとルディーナは言っていた。

窓に飾れという指示には、虫に刺されないようにという願いがこめてあるのだろう。

「ターゲスを赤奏国でも育ててみたいと陛下にお願いしてみようかしら」

折角叉羅国にきたのだから、叉羅国の文化をこの眼で見て学び、いいところは積極的に取り入れていきたい。

莉杏が黄金色の花を愛でながらそんなことを言えば、海成と女官は顔を見合わせた。莉杏が「あれ？」と思ったときには、もう海成はいつもの笑顔に戻っている。

「それは名案です。もち帰ることができるかどうかと、可能であれば育て方も叉羅国に聞いておきますね」

「あっ、そうですね。国の大事なお花ですから、もち帰ることが禁止されているかもしれません。許可を取らないと……！」

「はい。あとはやっておきますのでお任せください。この花はどの窓に飾りましょうか」

海成は素早くこの話を終わらせ、花の置き場の話に切り替える。

莉杏は少し考えたあと、誰もが楽しめる場所にした。

「この窓に……」

莉杏は、みんなも出入りするこの応接室の一番大きな窓に近づいていく。

すると、外から大きな笑い声が聞こえてきた。

海成は念のため、莉杏へ窓から離れるように言い、窓から外の様子を確認する。

「あ～、見張りの兵士たちの声でした。この国の窓は枠だけのものも多いので、声がよく通りますよね」

この国はとても暖かい。しかし、風通しのいい日陰にいれば涼しい。そのため、日除けの薄い布をかけただけの窓も多いのだ。

赤奏国にいるときの感覚で話をすると廊下まで声が響くので、内緒の話はできるだけ小声でしましょうという注意を莉杏はされていた。

「お花も窓も、なにもかも違っていて楽しいです」

莉杏が文化の違いを喜べば、海成は他国の窓の特徴を教えてくれた。

「バシュルク国はとても寒いので、二重窓になっています。風通しをよくするための大きな窓がある叉羅国と違って、窓自体も小さめですよ」

「二重窓！　開け閉めが大変そうですね……！」

バシュルク国にも行ってみたいなぁと莉杏が想像を膨らませれば、海成はムラッカ国の窓の特徴も教えてくれた。

「ムラッカ国は乾いた嵐に襲われることがあるので、砂や小石が家の中に入ってこないよう、窓は隙間なくはまるようになっています。家というのは環境に合わせて変化していく……人も同じですね。寒い地方にいたら寒さに強くなるし、暑い地方にいたら暑さに強くなります」

国の特徴とは、ひとつひとつが独立しているものばかりではなく、関連したものも多い。

海成はいつも「これとこれは一緒に覚えた方がいいですよ」と言って、莉杏に様々なことを学ばせてくれる。

「皇后陛下の周囲にはやっかいな人物ばかりがいたので、皇后陛下はとても外交上手になっていますよ。今夜の夕食会は、とにかく皆さんと楽しく会話することを心がけてください。明日の話し合いは上手くいきそうだという空気をつくるのも、仲裁役の役目ですからね」

「わかりました！　わたくし、みんなと楽しく会話します！」

打ち合わせが終わったら、いよいよ夕食会だ。

莉杏は王女の恩人で友人ということもあり、タッリム国王の一番の客人という席に着くことができた。

莉杏はタッリムの横で、共に旅をしたルディーナの勇敢さや、囮になってくれた傭兵イルを心配して追いかけようとしていた優しさを伝えると、タッリムは嬉しそうに笑う。

そして莉杏はイルを呼び、彼女がルディーナ王女を守ってくれましたと言い、イルを紹介した。

（あとは……）

莉杏は、ルディーナ王女の旅の話に入れないムラッカ国のヒズール王子に声をかけてみる。

「お互いに大変でしたね」

少し前、ヒズールも異国人狩りに巻きこまれ、ラーナシュに保護されていた。

十三歳の少女に労られたヒズールは、慌てて莉杏を気にかける言葉をくちにする。

「お気遣いありがとうございます。ですが、我が国の兵士は優秀ですので、なにも問題ありませんでした。皇后陛下は大変な旅だったでしょう。今後、なにか不安なことがありましたら、ぜひこの私にご相談ください」

ヒズールはおそらく、バシュルク国の傭兵が莉杏と顔見知りになっていたことや、ルディーナ王女を守っていたのがバシュルク国の傭兵だったということに焦っているはずだ。

ムラッカ国も赤奏国と仲よくしていきたいという意思表示を積極的にしてくる。

「ヒズール王子がいてくれてとても心強いです。そのときはよろしくお願いしますね」

莉杏の返答に、ヒズールはほっとしたようだ。

そのとき、ヒズールの横にいた人物がヒズールになにかを耳打ちした。おそらく、莉杏とどのような会話をすべきかをヒズールに教えたのだろう。

「いつか我が国にもお越しになってください。我が国は度々砂嵐に襲われているので、家の中で芸術を楽しむ文化が生まれました。我が国の工芸品はとても素晴らしいものばかりです」

莉杏にとって、異国の話はとても楽しい。

眼を輝かせながら、気になったところを質問し、ムラッカ国について色々なことを教えてもらう。

（お話をしているだけだと、カシラムを殺そうとする人には見えないけれど……）

莉杏の中の常識で、異国の人を簡単に判断してはいけないのだろう。

たとえば、莉杏の部屋の中に虫が飛びこんできたら、女官たちは追い払うか叩くかして、虫を排除する。それは莉杏にとっても女官にとっても当たり前のことだ。けれども、異国の人にとってはとてもひどいことなのかもしれない。

（王位争いをしている兄弟たちを殺すことは、ムラッカ国の人たちにとって当たり前のことなのね）

異国人である莉杏には、『大変だ』と思うまでのことしか許されないのだろう。

「皇后陛下、バシュルク国も話しかけたがっていますよ」

莉杏がムラッカ国のヒズール王子と楽しそうに話をしていたら、今度はバシュルク国が焦り出す。

莉杏は慌ててバシュルク国の使節団の代表であるアシナリシュ・テュラ軍事顧問官に笑顔を向けた。

（平等に仲よく……！）

言葉にするのは簡単だけれど、実践は難しい。

食事を楽しむような余裕は、最後まで生まれなかった。

「それではそろそろ……」

莉杏やルディーナがまだ幼いので、夜遅くまで酒をたくさん飲むような宴にはならない。

ルディーナの退出に合わせて、莉杏も一緒に下がらせてもらう。

「ねぇ！」

廊下に出ると、ルディーナが話しかけてくる。

ルディーナは緊張しているのか、胸の前で両手をぎゅっと握りしめていた。

「お父さまが、赤奏国の皇后さまをお茶会に誘いなさいって言っていたの。……そうね、貴女ならわたしのお気に入りの庭園に入ってもいいわよ。とても大きくて綺麗な花を見せてあげる」

「まぁ……！　嬉しいです！　絶対に行きますね！」

ルディーナにとって、『異国の客人を茶会に招く』のは初めての外交のはずだ。

莉杏が喜んで参加すると答えたので、ほっとしていた。

「ルディーナ王女、イルも呼んでもいいですか？」

「……しかたないわね。いいわよ」

莉杏が小声で頼めば、ルディーナはしかたないと言いつつもすぐに許可をくれる。

ルディーナと莉杏とイルは、それぞれ違う国の人間だ。きっと、ルディーナ主催のお茶会がお別れ会みたいなものになるだろう。

（もう二度と会えない人もいるはず……。今の時間を精いっぱい大事にしたいな）

外交は嬉しいこともあるけれど、寂しいこともあるのだと知った。

客人用の部屋に戻った莉杏は、寝間着に着替える。

ひんやりとした夜風と共に花の香りが入ってきたので、花の匂いの元を探った。どうやら応接室として使っている部屋の窓辺から漂ってきているようだ。

「素敵な香りだわ」

莉杏は花を浮かべた水碗を見に行き……首をかしげる。

「あら？　お花が……」

水碗には隙間なく花が浮いていたはずなのに、一カ所だけぽかりと空いていた。

底に沈んでしまったのだろうかと思い、隙間から碗の底をじっと見てみたけれど、なにもない。

「しおれてしまった花があったのね」

傷んでしまった花と元気な花を一緒にしておくと、元気な花も傷んでしまう。

きっと女官が取り除いてくれたのだろうと納得した莉杏は、寝室に戻った。

翌朝、叉羅国の朝食をゆっくり味わったあとは、いよいよ会談だ。

莉杏は基本的にただ座っているだけである。最初に挨拶をしたら、あとは海成にすべてを任せればいい。

それでも威厳というものは大事にしなければならないので、莉杏は女官たちの手で、派手すぎないように、でも地味すぎないように、上品で大人びた印象になる衣装を着せられた。

「それでは参りましょう」

莉杏は文官と女官、警護の武官に囲まれた状態で廊下を歩いていく。

少し早めに会議の間に着いたのだけれど、それでも莉杏たちが最後だった。

(あら……？)

バシュルク国の使節団とムラッカ国の使節団は、莉杏がきたことに気づいて挨拶をしてくれたけれど、席に着こうとしない。どちらも立ったまま、叉羅国の人と小声で話し続けている。

「なにかあったみたいですね」

海成が赤奏国語で莉杏に話しかけてきた。

するとと、莉杏たちが戸惑っていることに気づいたのか、すぐにもてなし役であるラーナシュが事情説明をしてくれる。

「皇后殿、見ての通りちょっと困ったことになっていてな」

ラーナシュは、バシュルク国の使節団の代表である軍事顧問官アシナリシュ・テュラとムラッカ国の使節団の代表であるヒズール王子をちらりと見た。

「どうやら、双方の部屋に何者かが入りこんだらしい」

「そうだったのですね。……ええっと、ラーナシュ。それはちょっとではなくて、かなり困ったことになったのではありませんか？」

莉杏が言い直せば、ラーナシュは苦笑する。

「まだ『らしい』の段階だからな。どちらも互いの間諜が入ってきたのではないかと疑い、こうして俺に相談してきた。今、客室の掃除をした者に確認しているところだ」

「詳しいことがわかっていないのなら、わたくしは動かない方がよさそうですね」

「ああ。会談開始は遅れそうだ。皇后殿はとりあえずゆっくりしていてくれ」

莉杏は椅子に座り、バシュルク国とムラッカ国の様子を見守り続けた。

しばらくすると、叉羅国の人が会議の間に入ってきて、調査の結果をラーナシュに伝える。

「ヒズール王子殿、テュラ軍事顧問官殿。調査の結果、夜中に客人の部屋へ入った使用人はいなかった。双方、部屋の前に見張りを立たせていただろうし、この調査結果は信頼されるものだと信じている」

バシュルク国もムラッカ国も、叉羅国の調査を疑うことはしなかった。その代わり、どちらも敵国への疑いを深めてしまう。

にらむという方法でわかりやすく敵意を表すことはなかったけれど、じっと見つめるよりは強い視線を互いに送っていた。

「……会談はどうしますか？　午後から始めることにしましょうか」

莉杏は、このまま会談を始めても歩みよることは難しいだろうと判断する。休憩をはさみ、気持ちを落ち着けてからにしようという提案をした。

「そうですね。確認しなければならないことができましたし……」

「警備の見直しをしてきます」

莉杏の提案をどちらも受け入れたため、会談の始まりは午後になる。

この場で大きな喧嘩にならずにすんだことに、莉杏はほっとした。

「皇后殿、一応身の回りに気をつけてくれ」

バシュルク国とムラッカ国が退出したあと、ラーナシュは小声で莉杏に警告してくる。

「どちらの国も皇后殿を味方にしたい。皇后殿の考えを探ろうとしているだろう。……腹の探り合いに疲れたときには、窓辺に飾った花を見て癒されるといい」

「わかりました」

莉杏たちはラーナシュの助言に従い、部屋に戻って異変がないかを確認することにした。

文官や女官は手順に従って荷物の個数の確認をし、武官たちは万が一へ備えるために警備計画の変更の話し合いを始める。

「海成、今回の件をどう思いますか？」

莉杏はまず海成の意見を聞くことにした。

海成は、会談前からバシュルク国やムラッカ国の人たちへ積極的に話しかけに行っている。先ほども仲よくなった相手に早速事情を聞きに行っていた。

「どちらの国も諜報活動のようなことはしているはずです。ただ、初日から相手の部屋へ侵入するというのはあまり考えられませんね。侵入することで運よくなにかの書類が手に入ったとしても、書いてあるのは本国に提出するための今日の出来事のまとめぐらいでしょう」

海成は、侵入の可能性は低いと言いながらも難しい顔をする。

「侵入されていないのに侵入されたと誤認した。それが示すことは……」

海成はまったくなにも思いつかない莉杏と違い、幾つかの可能性を思い浮かべることができているらしい。

「……会談で不利になった側が相手を貶めるために、間諜に入られたと騒ぐことはあるかもしれません。ですがまだ初日です。今の段階だと、異国の客人から金品を盗もうとした第三者の存在を疑う方がいいですね」

莉杏は海成の話に頷いたあと、はっとする。この話の一番大事なところを確認し忘れていた。

「ムラッカ国の客室もバシュルク国の客室も何者かに侵入されたということでしたが、どうしてそれが判明したのですか？　人影を見たとか、盗まれたものがあったのですよね？」

莉杏の疑問に、海成はすぐ答えてくれた。

「バシュルク国の話では、小さな物音が窓辺から聞こえてきたので様子を見に行ったら、窓辺に水滴が落ちていた……だそうです」

「侵入者が濡れていたということでしょうか」

「物音と水滴は別のものかもしれません。窓辺でこっそり泣いていた人がいて、恥ずかしくて言い出せなかったのだとしたら……」

「……！」

莉杏は、侵入者がいるかもしれないという話を聞いたことで、部屋に残されているものはすべて侵入者に繋がっていると思ってしまった。

けれども海成は、そうではない可能性もしっかり考えてくれる。

(海成の意見を聞いたあとだと、たしかに別のものと考える方が自然だわ……!)

莉杏は、海成の冷静な判断力に改めて感心した。

「ムラッカ国からは、花瓶に生けられていた花が引きちぎられていたという話を聞けました。花の茎が折れていることに気づいたヒズール王子殿下が、見苦しいと従者に激怒したようです。それで従者が花瓶の花をよく見てみたところ、茎が折れているだけではなく、引きちぎられた花もあったことに気づいたとか」

「花を引きちぎった……ですか。間諜がそんなことをするのでしょうか……?」

侵入したことに気づかれたら、警備が厳しくなる。

間諜がまたムラッカ国用の客室に入りたいのなら、花を引きちぎったり茎を折ったりはしないだろう。

「俺も同意見です。侵入者はいなかったと思いますよ。苛ついた者が花をむしっただけなのに、騒ぎになったから言い出せなくなったのかもしれませんね」

小さい偶然が重なって生まれた客人用の部屋への侵入疑惑。

海成の推測が真実に一番近そうな気がしてきた。

「荷物の確認をして警護計画を練り直さないと、どちらの国も会談を始める気にならないでしょう。昨晩、皇后陛下が夕食会でいい空気にしてくださったのに……」

海成の嘆きに、莉杏は勢いよく答えた。

「大丈夫です！　わたくしはまたがんばります！」

互いを疑ったままでは、歩みよることはできない。

仲裁役の莉杏は、もう一度昨晩のような雰囲気にするための策を考えるべきだろう。

（わたくしにもできること……）

叉羅国には盛大なおもてなしをしてもらった。そのおかげで皆が夕食会を楽しめた。

莉杏は、参考にできることはないだろうかと色々なことを思い出しながら部屋の中を見回し……。

「あ！」

窓辺に置いた水碗が視界に入ってきたとき、ルディーナの真似をしてみるのはどうだろうかと閃く。

綺麗な器に花を浮かべ、部屋に飾って眺めてくださいと言って贈ったら、心が少し休まるかもしれない。

花を浮かべた水碗の贈りものにどこまでの効果があるのかはわからないけれど、仲裁役がなにかしたいと思ったことだけはきっと伝わるはずだ。

（本当は一緒に花を選べたら楽しいでしょうけれど……）

男の人はあまり花に興味をもたないのだと、祖母がため息をついていた。そこまで求めるのはよくないだろう。

「海成、水碗に花を浮かべたものをバシュルク国とムラッカ国にも……」

莉杏はそんなことを言いながら、窓辺に飾った水碗に近より――……驚いてしまった。

「花が……！」

水碗に浮かんでいた花がまた一つ消えている。花を水に浮かべると傷みやすくなってしまうのだろうか。

「前よりターゲスが減っていますね。このままだと寂しいですし、新しい花を入れるのはどうでしょうか」

「はい。ルディーナ王女に摘んでもいい花を教えてもらいます」

莉杏は早速女官に声をかけ、ルディーナへの伝言を託した。

女官はわかりましたと言い、女官の責任者に外出の許可を求めに行く。

これはただそれだけのことだったけれど、しばらくしたら女官の責任者が顔色を変えてやってきた。

「皇后陛下……！　水碗のお花がなくなっていたというのは本当ですか!?」

「ええっと、昨夜に一つ、今見たらもう一つなくなっていました」

女官の責任者は、莉杏の返事に眼を見開いたあと、慌てて跪く。

「異変にすぐ気づけず、大変申し訳ございません……！　水碗のターゲスに触れた者は女官の中にいませんでした！　碧玲さまにも確認を取ったのですが、碧玲さまも違うとおっしゃっていまして……！」

莉杏は、なぜ碧玲にも聞いてみたのかとちょっとだけ不思議に思ったのだけれど、碧玲はよくこの水碗の花を楽しんでいたのかもしれない。

「では、枯れた花を取ってくれたのは……」

莉杏はそこまで言ったあと、枯れた花を見たわけではないという当たり前のことに気づかされた。

（もしかすると、誰かに花を盗られた……⁉）

その場合、水碗の花を一つずつ盗っていった犯人の目的は一体なんだろうか。

莉杏はなにも思い浮かばなくて、首をかしげてしまう。

「今、碧玲さま以外の方々にもお花に触ったかどうかを確認しています」

女官の責任者からの報告が終わった直後、武官と文官が現れて、「花を触った者はいませんでした」という報告をしてきた。

「侵入者がいたのかもしれないですね……」

海成はそんなことを言いながらも、自分の言葉に納得できていないようだ。

「今からラーナシュ司祭さまのところへ行って、叉羅国の使用人が掃除をした際に水碗へ触れていないかどうかを聞いてみますね。使用人は枯れた花を見かけたら片付けるでしょうし、当たり前のことすぎて覚えていないという可能性もあると思いますが……」

海成は事実を確認するために動き出す。

莉杏たちはこれまで、会談の雰囲気をよくしようとしていたけれど、侵入者の一件を先に調べることになった。

「海成、念のために武官を連れていってくださいね」

「わかりました。ありがとうございます」

海成は武官と共に廊下へ出ていく。

莉杏は女官の責任者にもう一度部屋の中の確認をしてほしいと頼んだ。

(本当に侵入者がいたのかしら……？)

窓辺が水滴で濡れていたのはともかく、花が二つ消えたというのは、侵入者がいるという証拠になるのだろうか。

莉杏が悩んでいる間に海成は戻ってきて、調査結果を教えてくれた。

「掃除のときに花を触った使用人はいませんでした」

「ありがとうございます。女官にもう一度部屋の中の確認をしてもらいましたが、特に異変はありませんでした」

「では、念のために水碗の水を替えておきましょう。欠けた花があることに気づいた皇后陛下がうっかり毒入りの水に触れて……ということもあるかもしれません」

海成のくちから新たな可能性が出てきた。

想定外すぎる話だったので、莉杏は驚いてしまう。

「毒入りの水⁉」

「はい。その場合、ルディーナ王女殿下の仕業ではなく、王女付きの使用人の仕業か、もしくは窓の外から手を伸ばしてきた者の仕業でしょう。ですが、俺はどちらもかなり低い可能性だと思います」

念のためという行動はとても大事だ。海成の提案通り、女官は水碗の水をすぐ入れ替えに行ってくれた。

（ムラッカ国とバシュルク国だけではなく、赤奏国にも小さな異変があった……）

現段階では同一の事件のようには思えない。けれども、同じ時期に発生した事件ではある。

莉杏がどういうことだろうと悩んでいたら、ルディーナの侍女がやってきた。会談の再開は午後なので、今のうちに花を摘みに行こうというお誘いだ。

莉杏は武官と女官を連れ、待ち合わせ場所である空中庭園に向かう。

「お父さまにお許しを頂いたから、好きなだけ花を摘んでもいいわよ」

すごいでしょう！　と胸を張るルディーナに、莉杏は感謝の言葉を述べる。

「ありがとう。こんなにお花があると迷ってしまいますね」

「わたしのお気に入りの花を教えてあげるわ」

こっちよと案内してくれるルディーナについていくと、ルディーナの足が突然止まる。

「しっ！」

静かに、と人差し指をくちに当てるルディーナに、莉杏は無言で頷いた。

なにがあったのだろうかと、ルディーナが見ている方向に莉杏も視線を向ける。

「神の使いがきたわ」

ルディーナは小さな声でそんなことを言うと、指を差して『神の使い』がどこにいるかを教えてくれた。

「黄色の小鳥……！」

輿に乗って王宮内を移動していたとき、黄色の小鳥が輿の中に飛びこんできた。王宮のどこかに住処があるのかもしれない。

「黄色の小鳥はね、お花の代わりに黄金を置いていくと言われているのよ。貴女の部屋にもきてくれるといいわね」

「実は輿に乗っているときに、黄色の小鳥が飛びこんできてくれたのです。そんな言い伝えがあったのですね」

「本当に⁉　すごいわね！　あっちの赤色の鳥は、幸せを運んでくると言われているわ」

赤い鳥は空中庭園の噴水で水浴びをし、小さな花を摘んでから飛び去った。

その間にも、色々な小鳥が飛んできて、水を飲んだり、花の蜜を吸ったりする。

「ねぇ、わたしの贈りものはきちんと窓辺に置いてくれた？」

「はい」

「あれがあると小鳥が遊びにくるの。今度は赤色の鳥がくるといいわね」

「あ……！　あのお花はそういうことだったのですね……！　素敵な贈りものを頂けて嬉しいです！」

ルディーナの贈りものは、眼で見て楽しむだけではなく、黄金や幸せを呼びこんでくれるものでもあったらしい。

(素敵なお話を聞けたわ。ここでたくさんのお花を摘んで、バシュルク国とムラッカ国にお裾分け(すそわ)しましょう)

小さな不思議な事件によって、会談を始められるような雰囲気ではなくなってしまった。それでも莉杏は、今ここにあるものをなんでも使って、会談が上手くいきそうだという雰囲気をもう一度しっかりつくらなければならない。

(窓辺に小鳥がきてくれたら、きっとみんなも喜んでくれる)

小鳥は可愛いし、花は綺麗だ。

莉杏は素敵な光景を想像し——……うっかり大きな声を出してしまった。

「あっ⁉」

莉杏の声に驚いた鳥が、ばさばさと飛び立っていく。

ルディーナも驚いたようで、おろおろしながらも「一体どうしたの？」と声をかけてきた。

「すみません。悩みがあったのですが、答えがようやく見つかったような気がして……！」

莉杏はルディーナの手をぎゅっと握る。

「ルディーナ王女のおかげです！」

「え？　うん？　そ、そうなの？」

ルディーナはよくわからないまま胸を張り、当然よねと嬉しそうに言った。

「ルディーナ王女、わたくしは会議の間の窓辺にいっぱいお花を飾ろうと思います。ルディーナ王女と一緒にその花を選びたいのですが……」

「任せて。わたしはお花に詳しいんだから」

今はこれが綺麗よとか、小鳥に人気なのはこっちとか、ルディーナは色々な花を紹介してくれる。

莉杏は籠を持ってきてもらい、そこにたくさんの花を載せ、叉羅国の人に会議の間の窓の飾りつけを頼んだ。

「うわぁ……！」

　作業が終わりましたと伝えられた莉杏は、早速会議の間に入る。

　さすがは年中花が咲いている暖かい国だ。水碗や花を使って窓を飾りつけてくださいとお願いしたときは、窓の下が花で埋め尽くされる光景を思い描いていたけれど、できあがったものはまったく違った。花で窓枠のすべてを飾り、素敵な花の窓にしてくれたのだ。

「素晴らしいです！」

　乾いた風が花を揺らしている。

　いつまでも眺めていたかったけれど、準備が終わったらのんびりしていられない。

　莉杏はバシュルク国とムラッカ国の人たち、それからもてなし役のラーナシュを呼んでくるように頼む。

「皇后殿、会談を始められそうになったのか……って、おお！　これは素晴らしい窓になったな！」

　ラーナシュは、会議の間の大きな窓が花で飾りつけられているのを見て、大喜びしてくれた。

　バシュルク国の人たちは、いつの間にか華やかになっていた窓を見て驚いたあと、叉羅国だからそういうものなのかもしれないと納得する。

　ムラッカ国の人たちは呆れたように花の窓を見ていたけれど、なにも言わなかった。

「皆さん、お集まりいただきありがとうございます。昨日から今日にかけて、客人用の部屋に不思議なことが起きていることはご存じですよね。実は、赤奏国の部屋でも花が消えるという事件がありました」

　バシュルク国もムラッカ国も、やはり犯人はお前だったのか……！　という表情で互いを見ている。

　莉杏はこほんと咳払(せきばら)いをし、最後まで聞いてほしいことを示した。

「三カ国の客室で不思議な事件が起きているのに、叉羅国の方々の部屋ではなにも起きていません。……これもまた不思議だと思いませんか？」

「おおっと、皇后殿。サーラ国を疑うのはやめてくれ」

　ラーナシュはなにもしていないと両手を広げる。

　莉杏は勿論(もちろん)ですと微笑んだ。

「わたくしはこれから囮捜査(そうさ)をしてみようと思います。この窓にその準備をしておきました。侵入者の正体を知りたい方は残ってください。残ることにした方は、窓から離れた場所で静かに待っていてください」

　バシュルク国の人たちもムラッカ国の人たちも、戸惑(とまど)いつつもここに残ってくれた。

　全員が無言で窓を見て、侵入者が現れるのを待つ。

　風の音。花の香り。鳥のさえずり……。

——……どのぐらい時間が経(た)ったのだろうか。

小さな影が窓辺に現れた。

「あ……」

誰かが小さな声を発する。

黄色の小鳥が花の上に留まった。そして、くちばしを使って花をついばむ。小鳥は花をくわえると、ぱっと飛び去っていった。

すぐにまた別の鳥が飛んできた。今度は小さな水碗の縁に留まり、きょろきょろと周囲を窺ったあと、水碗で水浴びを始める。当然のことだけれど、水滴が窓枠に飛び散った。

すると、ここは大丈夫そうだと判断した鳥たちが次々にやってきて、可愛らしくさえずり、花の蜜を楽しんだり、花を千切ってもっていったりする。

「叉羅国では、小鳥たちは神の使いだそうです。花をもっていく代わりに、黄金や幸運を置いていくというお話をルディーナ王女から聞きました」

窓辺から聞こえてきた物音や落ちていた水滴。

茎が折れていたり、引きちぎられていたりした花。

水碗から消えてしまったターゲス。

この光景を眺めていたら、誰の犯行だったのかは説明しなくてもわかるだろう。

「きっとバシュルク国にもムラッカ国にも、これから素敵なことが訪れると思います」

莉杏は仲裁役だ。この会談を無事に、そして全員に恥をかかせないよう、納得できる形で終わらせないといけない。

——すべては貴方たちの勘違いです。

こんな言い方は絶対にしてはならないのだ。

アシナはそんな莉杏の気遣いを受け止め、穏やかに微笑む。

「そうですね。我々はこの国に歓迎していただいているようです」

バシュルク国もムラッカ国も、窓は換気のために開けるもので、常に開け放っておくものではない。だから、家の中に鳥が入ってくることを想像できなかったのだ。

逆に叉羅国では当たり前の光景だったので、客人が不思議に思うことを想像できなかったのだろう。

「では、そろそろ会談を始めましょうか」

莉杏はバシュルク国とムラッカ国に笑顔を向ける。

ヒズールはため息をついたあと、資料をもってこいと従者に命じた。

アシナも必要な荷物をもってきてほしいと仲間に頼んでいる。

ようやく不穏な気配が薄まり、前向きに会談へ取り組もうという雰囲気が生まれた。

「見事だったな。さすがは皇后殿だ」

ラーナシュは、花の窓枠を見ながら莉杏を褒めてくれる。

「サーラ国では当たり前すぎることだったから、鳥の来訪がそんなに不思議だということに気づけなかったぞ」

　莉杏はラーナシュの爽やかな笑顔を見ながら、うふふと笑う。

「でも、ラーナシュは世界中を旅していた人ですから、鳥の来訪が他の国にとって不思議なことだと気づいていましたよね？」

　ラーナシュは莉杏の言葉に返事をしない。にこにこと笑っているだけだ。

「貴方はわたくしへ窓辺の花を見るように言ってくれました。侵入した誰かの正体に近づけるようにしてくれました。早々に気づいていたのなら、どうしてすぐに小鳥の仕業だと皆へ教えなかったのですか？」

　ラーナシュなら、相手に恥をかかせないように真相を明らかにすることもできただろう。朝の時点でそうしておけば、会談開始がここまで遅れることもなかったはずだ。

「俺は、サーラ国を救ってくれた皇后殿に花をもたせたかった」

「……わたくしのためだったのですか？」

「皇后殿はお飾りの責任者ではないと双方にわかってほしかったというのもある。皇后殿は彼らに恥をかかせないようにしながら、侵入者の正体を明らかにした。そんな皇后殿を、彼らは見直し、敬意を払うようになるだろう。会談開始が明日になりそうだったら、さすがに俺もくちを出すつもりでいたが……」

　ラーナシュは、莉杏の髪についていた花びらを手でそっと取る。

「その必要はなかった。皇后殿は素晴らしいお方だ」

莉杏は、素敵な恩返しをしてくれたラーナシュに感謝した。

「ありがとう、ラーナシュ」

ラーナシュは冒険小説の主人公だけれど、こうして気配り上手の司祭という役も見事に演じることができる。

会談の開始は遅れたけれど、その分だけ莉杏の立場はよりたしかなものになった。

赤奏国で莉杏の帰りを待っている暁月は、難しい顔をしていた。

――誕生日の贈りもの。

暁月は、親からもらってきたものを思い出す。

剣をもらったことも、宝飾品をもらったことも、馬をもらったことも、屋敷をもらったことも、なんなら禁軍での官位をもらったこともある。

ありがたいものからどうでもいいものまで、様々な贈りものを受け取ってきた。

「……あんたさぁ、莉杏にどんな贈りものをしてきたわけ？」

暁月は、莉杏が今までにもらってきたものを念のために確認しておこうと思い、莉杏の祖父である蕗登朗に声をかけてみる。

登朗は暁月の扱い方を心得ているので、余計なことは言わず、求められている答えだけをくちにした。

「小さいころはおもちゃにしていました。十歳のときは靴を、十一歳のときは歩揺を、十二歳のときは櫛や小物入れを、十三歳のときは絹の上衣です」

「ふぅん……」

暁月は自分から聞いたくせに、気のない返事をしてしまった。

登朗が莉杏に贈ったものは、「まぁ、そんなもんか」と言いたくなるものばかりである。

「あいつは毎年喜んでいたのか？」

「はい。毎年、とても喜んでくださいました」

暁月はいまいち参考にならないな、という感想を抱いたあと、はっとする。

（孫娘への贈りものと妻への贈りものは違う……！）

どちらかといえば登朗寄りの考えになっていた暁月は、登朗に質問し直した。

「なら、妻にはどうしてきたわけ？」

「妻ですか……」

登朗は少し考え、なにかを思い出したのか、楽しそうに笑った。

「妻にも色々なものを贈ってきました。歩揺も、絹も、耳飾りも、首飾りも……遠くへ出かけたこともございます。そうそう、喧嘩中で散々な誕生日にしてしまったときもありました」

登朗は散々だと言いながらも、嬉しそうにしている。

暁月は、これは惚気話だと気づいた。しかし、自分が招いた事態なので、嫌そうな顔をするのをなんとか堪える。

「幸せそうでけっこう。もうなにも言わなくていいよ」

「御意」

暁月は、自分もいつか登朗のようになるのだろうかと考え、ぞっとした。

(誕生日の贈りものをあいつに渡して……大喜びする顔を見て満足して……)

そして、それを年に一回の忘れられない思い出にする。

(……ああ、そうか)

暁月は、莉杏が喜んだその先を想像したことで、自分がどういうことでもやもやしているのかを理解した。

——誕生日の祝いが終わったあと、莉杏はきっと暁月からの贈りものの話をあちこちでするだろう。夫に素敵なものをもらったと言うだろう。

その素敵なものが大したものではなかったら、莉杏を馬鹿にするやつが絶対に出てくる。莉杏はそんな言葉を気にする女ではないけれど、自分が気になるのだ。

（どうせなら、莉杏の取り巻きに『すごい』って本気で思わせたいよな）

金をかければいい話だ。けれども、それだと自分がつまらない。

多分、莉杏にとって金で買えない一生の思い出にしてほしいのだろう。

暁月はそんなことを考えながら、とある場所に足を向けた。

赤奏国の皇帝『暁月』と皇后『莉杏』の間には、子どもが一人いる。

子どもといっても、暁月よりも年上の青年だ。皇太子になってもらうために養子にしただけである。

皇太子の明煌は、先々皇帝の弟の息子——……つまりは、暁月の親戚だ。

しかし、彼は使用人との間に生まれた男子だったので、後継問題に発展しないよう、早々に道教院の道士にさせられてしまった。

明煌は自分の運命を受け入れ、皇族として生きていくつもりはなく、道士として一生を終えるつもりだった。けれども、最終的には赤奏国の復興を望む暁月の想いに応え、皇太子になることを引き受けてくれたのだ。

——行事や儀式に皇太子として参加してもらうけれど、それ以外のときは好きに暮らしてもいい。

明煌は暁月の配慮により、皇太子の宮で道士のときとあまり変わらない生活をしている。朝早くに起きて経典を唱え、宮の掃除をし、瞑想をして、晴れていれば皇太子の宮の中にある小さな畑を耕して作物を育て、貧しい人に届けていた。

「明煌」

いつものように畑仕事をしていた明煌のところへ、暁月がやってくる。

明煌は雑草を引き抜いていた手を止めた。

「……皇帝陛下」

明煌が挨拶をしようとしたら、暁月はぱっと手を出し、それはいいと言わんばかりに払う。

「あんたさぁ、たまに莉杏と庭仕事をしているよな。仲がそれなりにいいみたいだし、莉杏の誕生日にはなにかあげるわけ？」

明煌はとても真面目な人物である。

暁月の質問を笑うことはなく、からかうこともなく、ただ真面目に答えた。

「ここで育てたものを、お祝い状を添えて献上しようと思います」

明煌は書聖と呼ばれるのに相応しい美しい字を書く。手紙を書くだけで価値がある贈りものになるだろう。

暁月は「字が綺麗になったところでなにも変わらない」とかつては鼻で笑っていたのだ

けれど、どうやら考えを改めなければならないようだ。

「ふぅん……。なら、あんたは誕生日にほしいものってある？」

さぞかしつまらないものをほしがりそうだと、暁月は思ってしまった。

この男は、道教院への寄付金だとか、救護院だとか、自分のためのものではなくて、苦しんでいる人たちのためのものを求めるだろう。

「……土地、でしょうか」

しかし、明煌は暁月の想定外の答えをくちにする。

暁月はさすがに驚いてしまった。

「土地ぃ？　あんたにも物欲なんてものがあったわけ？」

「……はい。ここで畑や茘枝の世話をしていくうちに、より実がなるものや、より暑さや寒さに強いものにしていきたいと思うようになりました。よく実がなるもの同士をかけ合わせて、新たな株をつくり、よりよいものをさらに選別していく……。品種改良によって、収穫量を増やせたら……と」

品種改良をしてみたいという明煌に、暁月は感心する。

赤奏国は数十年続く飢饉に苦しんできた。明煌はただ次の飢饉に備えたいという気持ちで品種改良を考えたのだろうけれど、大自然の恵みがあっても数年以内に飢饉はくるだろう。

（赤奏国は活気を取り戻している。戦争も止めた。そうなると、民の数が数年以内に一気に増える）

増えた民が子どものうちはどうにかなるだろうけれど、そのうち国全体の作物の生産量が追いつかなくなるはずだ。大豊作なのに飢饉ということになってしまう。

（今から田畑や河川の整備をして、生産量を増やして……って、間に合うかぁ？）

これは明煌に「あっそ。じゃあ、土地をあげるから好きにやれば？」と言って終わりにするのはもったいない。

責任感の強い明煌を巻きこみ、大きな計画にすべきだろう。

「あっそ。じゃあ、土地と役職をやるよ。品種改良はおれの命令で大々的にやることにしたから、その責任者をあんたにする」

「えっ⁉　あ、……はい！」

「言い出したやつがしっかり責任を取れよ。どの作物の品種改良をしたいのか、今から考えておけ。すぐに動く」

「御意……！」

暁月はまた忙しくなりそうだとため息をつきつつ、明煌の畑から離れた。

明煌の計画を莉杏に手伝わせるのもよさそうだ。慈悲深い皇后陛下という評判は大事にすべきだろう。

「あとは……」

今後のことを考えると、土地の有効活用はたしかに必要だ。山地でもできるものがあるのなら、今すぐしたい。

大量生産しなくてもいいもの……薬草や花がいいだろう。暖かい土地でしか栽培できないものを中心につくり、北国にそれを売りつける。

（ムラッカ国にも売りつけよう。あそこは乾いた土地だから、薬草の栽培をする余裕なんてない。白楼国は絶対にカモにしてやる。あそこは金の成る木だ。白楼国にないものをつくるしかないな）

珍しいものをつくったあとは、どう輸送するかだ。

運河の延長は絶対に必要だし、街道の整備も進めないといけない。

「あ～……金がねぇ……」

運河の延長計画が決まり、予算の確保が終わり、どこに運河をつくるのかという話をしている白楼国がうらやましくてしかたない。

早くあの国から搾り取ろう。金があるんだから、薬草以外のもの……嗜好品にも手を出してくれるはずだ。

（宝飾品……白楼国向けなら真珠だ。あそこは海がないから真珠が人気なんだよな。それから果物。茘枝をもっと売りつける。他には……花だ）

白楼国には有名な女性文官がいる。『茉莉花（ジャスミン）』という花の名前がついているから、いずれ茉莉花（ジャスミン）は白楼国で大人気の花になるだろう。

「どうせなら赤奏国にしか咲かない花の名前をつけてほしかったよねぇ」

茉莉花（ジャスミン）は珍しい花ではない。その辺りに咲いてくれる強い花だ。

商売にできなくて可哀想（かわいそう）だな、と隣国（りんごく）の皇帝に心の中で嫌味（いやみ）を言ったあと、はっとした。

「そうか……！」

ないのなら、つくればいい。

それは花の種類も、莉杏への贈りものも同じだ。

暁月はこれだと気づき、莉杏が帰ってくる前に動くことにした。

二問目

バシュルク国とムラッカ国の戦争を完全に終わらせるための会談がようやく始まった。

バシュルク国の使節団の責任者は、アシナリシュ・テュラ軍事顧問官である。彼はお飾りの責任者ではないらしく、交渉の場の最前線にも出てくるようだ。

ムラッカ国の使節団の責任者は第四王子ヒズールである。交渉の場で実際に戦うのは書記官のアミード・サリだ。

仲裁役である赤奏国の皇后『莉杏』は彼らの間に座り、「それでは……」とよく通る声を響かせた。

「まずは事実の確認をしましょう。海成、頼みます」

「承知いたしました」

赤奏国の文官の舒海成は、『揉めそうな事実』はあえてくちにせず、双方がその通りだと言えるところだけを述べていった。

「——……ムラッカ国とバシュルク国の休戦についての正式な話し合いは、後日、第三国にて行う。ムラッカ国のケルキール・エフラム将軍とバシュルク国のアシナリシュ・テュラ軍事顧問官、白楼国の文官である晧茉莉花殿の名の下に、この三つの条件で一時停戦の合意に至った。これに間違いありませんか？」

海成がアシナとアミードの顔を見れば、どちらも頷く。

「では、ムラッカ国から休戦の条件を提示してください」

こういうとき、先に発言できるのは、使節団の責任者の身分が高い方という慣習がある。

軍事顧問官と王子だと王子の身分の方が高いので、海成は先にムラッカ国を指名した。

「バシュルク国が全面降伏を宣言して賠償金を支払うのであれば、和平条約を結んでもいい」

アミードの要求に、会議の間がざわめく。

莉杏も聞こえてきた言葉が信じられなくて、瞬きをしてしまった。

「賠償金の額は……」

事前に海成から聞いていた会談の流れとまったく違う。莉杏は動揺した様子を見せないように気をつけつつも、どきどきしていた。

（そんな一方的な要求をしたら、バシュルク国を怒らせてしまうわ……！）

莉杏が戸惑っていると、バシュルク国の傭兵の一人が勢いよく立ち上がった。

しかし、すぐにアシナが「座れ」と視線で命令してくれたので、それ以上のことにはならない。

「落ち着いてください。今はまだ条件の提示の段階です」

海成は冷静な声でこの場をなだめようとする。

けれども、バシュルク国の感情は戸惑いから怒りへとどんどん変化していった。

（事前に決めていた流れでは、バシュルク国とムラッカ国の勝敗をはっきりさせないまま和平条約を結ぶ……だったわ）

どちらも絶対に負けた側になりたくない。

それはわかりきっていることなので、どちらも引き分けという妥協をしてくれるだろうと海成は言っていた。

「それでは、バシュルク国も休戦の条件を提示してください」

海成は、とにかく話を進めましょうとバシュルク国を促す。

ムラッカ国が一方的すぎる条件を提示してきたため、バシュルク国は予定通りの要求にはしないだろう。

「ムラッカ国が全面降伏を宣言すること。それから、賠償金の支払いを要求します」

軍事顧問官のアシナは、冷たい声でムラッカ国と同じ要求をする。

海成は「まぁ、そうなるよね……」という顔をしてしまった。そして、莉杏の判断を待たずに、それはもうわざとらしい笑顔をつくる。

「二国の条件がはっきりしましたので、今日はこのぐらいにしておきましょう」

これは莉杏への合図だ。

海成から「今日はこのぐらいにしておきましょう」という合図があったら、莉杏は会談の一時中断を宣言をしなくてはならない。

(予定では、どこが争点になるのかをはっきりさせるつもりだったけれど……)

どこが争点になるのかではなくなった。すべてが争点だ。

「皆さん、お疲れでしょう。今日はこれでお終いにしたいと思います。会談の続きは明日の昼でよろしいですか？」

莉杏は会談の再開の日時を提案し、双方の責任者の返事を待つ。

「はい。それでかまいません」

「我々も問題ありません」

どちらも莉杏ではなく、向き合っている敵国をにらみつけたまま返事をする。

会談開始直前にあった和やかな雰囲気は、夕方の涼しげな風に吹かれて、どこかに飛んでいってしまったようだ。

部屋に戻った莉杏たちは、本日の反省会をすることにした。

……といっても、莉杏たちに反省することはない。できることはしたけれど、相手ができることをしてくれなかった。それだけの話だ。

（そもそもバシュルク国とムラッカ国の戦争は、本来はありえないことだったはず）

バシュルク国とムラッカ国は接していない。直接戦争をするのはとても難しい。

接していない国と戦争をするときは、どちらかがかなり苦労して遠征し、長い補給路を保ちつつ、慣れない環境で戦うことになる。

それでもこの二国で戦争ができたのは、イダルテスという国が大きく関わっていたからだと言われていた。

イダルテス国とバシュルク国の関係は複雑だ。昔から関わりが強く、どちらかといえば味方同士と言えるだろう。

しかし、イダルテス国は、傭兵の国として高く評価されているバシュルク国の評価を下げたいと思っていた。評価を下げることができたら、バシュルク国の傭兵を安い金で雇えるようになるからだ。

おそらくイダルテス国は、ムラッカ国に「支援してやるから、バシュルク国を少し痛めつけてくれ」と頼み、自国を通る許可を与え、補給を手伝ったのだろう。

（この戦争は、イダルテス国の支援を得たムラッカ国による理由なき戦いだったはず）

戦争には大義名分が必要だ。戦争後の会談に仲裁役を入れることは多いけれど、大義名分があれば仲裁役の理解が得られるようになる。

莉杏たちは勿論、一方的に攻めこまれたバシュルク国寄りの立場で仲裁をするつもりでいた。

「ここまで前途多難な会談になるとは思いませんでした。ははは……」

海成は力なく笑ったあと、ため息をつく。

莉杏も困った顔をしながら、まずは事実確認をした。

「これは交渉決裂……ということでしょうか？」

しかし、海成は首を横に振る。

「初日の条件の提示の段階です。もう少し様子を見てもいいでしょう。ムラッカ国になにか意図があるのかもしれません。もしくは、ただ怒っただけの可能性も……」

「……ムラッカ国が怒ったのですか？」

莉杏が驚けば、海成は苦笑する。

「ムラッカ国は第四王子を使節団の責任者にしています。万が一のときの責任者の代理も王子でした。赤奏国は皇后陛下を責任者にしていますし、叉羅国では国王が迎えてくれ、もてなし役は国王に次ぐ地位をもつ司祭です。……なのに、バシュルク国の責任者は『軍事顧問官』でした。ヒズール王子殿下は、自分たちがバシュルク国から馬鹿にされたような気持ちになったのかもしれません」

「ええっ⁉」

莉杏はくちを大きく開けてしまったあと、常識の違いなのかもしれないと考え直す。

しっかり仕事をしてくれるなら責任者は誰でもいいという考えなのか、それとも国の最高責任者やそれに準ずる者を責任者にすべきだという考えなのかは、国によって違うだろう。

「バシュルク国には王族や貴族というものが存在しません。国の代表者は投票によって選ばれています。そうやって投票によって選ばれた国の代表者を、王族と同格に扱うことはできないと思う方もいるでしょう。国の代表者でさえ王族と同格と思えないのに、その部下となると……」

「……外交はとても難しいですね」

「はい」

バシュルク国は小さな国だ。傭兵業で国を成り立たせている。傭兵業をしていれば他国の軍事機密に触れることも多いので、情報を厳しく管理している。どういう国なのかを近隣の国もよく知らない。

軍事顧問官が傭兵たちの中でどのぐらいの地位なのかも、莉杏たちはよくわかっていないのだ。

「皇后陛下、この交渉の合意点をどうするのかは覚えていますか？」

「ええっと、二国は今後、戦争をしない。仲よくするという和平条約を結ぶ。何事もなければ、その和平条約は三年まで順次更新する。その間に、バシュルク国はムラッカ国に傭兵部隊を送る。そのお礼をムラッカ国はする……ですよね？」

「正解です」

――バシュルク国とムラッカ国の戦争の勝敗をはっきりさせないまま、仲よくしましょうと約束をさせる。バシュルク国はムラッカ国の戦争の手伝いをし、ムラッカ国はそのお礼に多額の見舞金を渡す。

バシュルク国もムラッカ国も、この辺りで合意するだろうという予想はしていたはずだ。問題になるのは、ムラッカ国がバシュルク国に渡さなければならないお礼の金額だと莉杏たちは思っていた。

「皇后陛下、まずはヒズール王子殿下と話をして、一方的すぎる条件を提示した意図を探ってみてください。バシュルク国の使節団の責任者に不満があるのなら、それをバシュルク国に伝え、軍事顧問官がムラッカ軍のどの辺りの地位になるのかをはっきりさせるのも一つの手段です。俺も仲よくなったムラッカ国の書記官に探りを入れてみます」

「わかりました。……軍事顧問官の地位があまり高くなかったらどうしましょうか」

「一時的に将軍相当の職をつくってもらい、兼任してもらう……ですかね」

海成は具体的な改善案をすぐにつくってくれる。

莉杏は海成に感謝しながら「そうしましょう」と言うだけでよかった。

「では、わたくしはヒズール王子に夕食をご一緒しませんかと声をかけてみますね。そのあと、バシュルク国のテュラ軍事顧問官を朝食に誘ってみます」

莉杏は今後の予定を決め、控えていた女官に手配を頼んだ。

夕食はムラッカ国のヒズールと、翌朝の朝食はバシュルク国のアシナと。

莉杏は仲裁役として『双方の話をじっくり聞き、助言を送る』という基本に忠実なことをしてから、再開された会談に挑む。

しかし――……。

「主張を変えるつもりはありません。和平条約を結びたいのなら、降伏宣言と賠償金の支払いを約束してもらいましょう」

ムラッカ国のアミードは、昨日と同じ要求をしてきた。

昨夜、莉杏はヒズールとの夕食会で、ヒズールと穏やかに話すことができていた。そのときにバシュルク国をどう思っているのかという探りを入れてみたら、バシュルク国を見下したような言い方をしていた。だから海成の読み通りかもしれないと思ったのだ。

莉杏は今朝のアシナとの朝食会で、軍事顧問官とはどのような仕事をしているのかという質問をしてみた。

アシナから「軍事顧問官とは、依頼を引き受けるかどうかや、どの部隊に任せるのかという決定権をもっている」と教えられたので、海成と相談して「ときには将軍以上の権限をもつ地位」という扱いにしようと決めたのだ。

そして、判明した事実を海成からムラッカ国の書記官に伝えてもらう。

会談というのは、話し合いだけをしたらいいわけではない。文官や書記官同士の廊下での探り合いや駆け引きも重要になってくるのだ。

「そうですか。では、こちらも主張を変えるつもりはありません」

ムラッカ国が昨日と意見を変えなかったので、アシナも歩みよる気はないことを宣言する。

莉杏は海成の顔をちらりと見てみた。

海成が頷いたので、雰囲気が悪くなった会議の間に穏やかな声を響かせる。

「お二方とも、和平条約を結ぶこと自体に反対しているわけではないようですね。要求が通れば和平条約を結びたいと思っているのは間違いありませんか？」

莉杏の確認に、ヒズールは頷く。

「こちらの要求が通れば和平条約を結びたいです」

「わかりました。では、バシュルク国はどうですか？」

「我々も同じ考えです」

莉杏はよかったと言って微笑む。

ただでさえ会談の雰囲気が悪いのに、また話し合いが止まってしまった。

そういうときは、ほんの少しでも会談が前進しているというわかりやすいなにかが必要だ。

「平和を求める気持ちが双方にあって嬉しいです。では、和平条約を結ぶことだけは決定にしましょう。ここからは、和平の条件をどうするかという話し合いをしていくだけでよさそうですね」

和平条約すら結びたくないという恐ろしい会談も、この世にはある。

それに比べたらこの話し合いは『戦争を終わらせたい気持ちはどちらにもあるけれど、条件がまとまらずに揉めている』という実に平和的なものだ。

（ただ、その二国の条件をまとめるのがとても難しくて……）

莉杏は、会談を夕方に再開しようと言った。

会談が一時中断している間に、莉杏と海成はこれからについての話し合いをする。

海成はまず、ムラッカ国をより深く知るべきだと言った。

「カシラム王子殿下の話を聞いてみませんか？」

「……！　そうしましょう！」

ムラッカ国にとても詳しい人が莉杏の身近にいる。

莉杏がこの旅の途中で保護したカシラム・シーカンリークという少年は、ムラッカ国の第九王子だ。

なぜ彼を保護することになったのかというと、兄であるヒズールに命を狙われてしまったからであった。

ムラッカ国は土地に恵まれておらず、作物が育ちにくい。他の国と戦うことでよりよい土地を得ていこうとしている。

戦わなければならない国は強い王を求める。王も民も、より強い王の誕生を期待する。王位継承権争いが激しくなっても、それは当然のことだとしか思わない。

「ラーナシュ司祭さまに、ヴァルマ家の訪問をしたいと頼んできます」

カシラムは今、ラーナシュの屋敷で保護してもらっている。

莉杏たちが赤奏国へ帰るときに合わせ、カシラムに使用人のふりをしてもらい、赤奏国に連れていくつもりだった。

「マレム殿の腰が痛んだことにしてもらいましょう。お見舞いという理由があれば、治るまでに何度か訪問しても不思議に思われないはずです」

マレムはラーナシュの従者だ。ラーナシュと共に赤奏国にきていたので、莉杏たちとも親しくしている。

海成はすぐにラーナシュと打ち合わせし、屋敷へ訪問できるようにしてくれた。

ラーナシュの屋敷は王宮から歩いて行くこともできる距離だけれど、莉杏は皇后なので馬車に乗って移動する。

「カシラム、元気ですか？」

莉杏と海成がくることをカシラムは聞いていたらしい。応接室に入ってきたカシラムは驚くことなく頷く。

「僕は大丈夫です。……王宮でなにかあったんですか？」

カシラムを守るためにも、不自然な行動はしない方がいい。会談中の接触は控え、会談が終わったあとに迎えに行くという打ち合わせは、もうしてあった。

莉杏たちがわざわざ会いにきたのなら大変なことになったのでは、とカシラムは不安になったようだ。

「実は……」

海成は、バシュルク国とムラッカ国との会談の様子を丁寧に話す。

カシラムはヒズールになにかあったときの代役なので、すぐにすべてを理解してくれた。

「これは、ヒズール兄上の能力が足りないだけの話だと思います」

カシラムは少し考えたあと、遠慮のない言葉を発する。

「ええっと、能力が足りないというのは……つまり、国と国との会談の仕方を知らないということでしょうか」

莉杏は、カシラムの言葉をもう少し丁寧なものに言い換えてみた。

(勉強不足ということでいいのかしら)

莉杏は、会談の仕方というものを生まれたときから知っていたわけではない。皇后になって、必要になったから学んだのだ。

ヒズールになにか理由があって、会談の仕方を教わる機会がなかったのなら、莉杏が個人的な茶会を開いて、ヒズールに会談の仕方をそっと伝えるということもできるだろう。

「いいえ、ヒズール兄上はそこまで無知な人ではありません。能力が足りないというのは、国王陛下相手に交渉できなかったという意味です」

「交渉？　相手はムラッカ国王陛下なのですか？」

莉杏が首をかしげれば、カシラムは自分の右手の甲をじっと見た。

「ヒズール兄上は国王陛下に『バシュルク国に舐められてはいけない。完全降伏させ、賠償金を得てこい』と命じられました。……冷静に考えたら、そんなことは無理だと命じられた時点でわかるはずです」

バシュルク国にも赤奏国にも、この辺りで決着になるだろうという共通の認識がある。

勿論、ムラッカ国もそれをわかっていたはずだ。

「命じられた時点で国王陛下に『バシュルク国は自分の立場を理解できない愚か者だから、負けを絶対に認められません。賢い我らが愚かな相手にも受け入れやすい和平条約にしてやるべきです』と言い、どこまでムラッカ国が譲歩してもいいのかを事前に国王陛下と協議すべきだったんです。でも、ヒズール兄上は『言われたことをする』しかできない人だった」

カシラムは膝に置いていた右手をぎゅっと握る。

「会談を任されるというのはとても大きな役目で、失敗したら王位継承権争いから外されてしまう。だからヒズール兄上は、命じられた『降伏宣言と賠償金』をただひたすら繰り返しているんです」

和平のための会談は、始まる前から行き詰まっていた。

その原因は、赤奏国やバシュルク国にはどうしようもないところにある。

ムラッカ国の事情を知った莉杏と海成は、雰囲気をよくするとか、誤解を解くとか、そういう小細工をしても無駄だと判断した。

「この会談は結論を出せないまま終わりそうですね」

海成は諦めの言葉をくちにしながらも、すぐに気持ちを切り替えた。できるだけのことはしようと思い、ヒズールについての情報をカシラムから引き出していく。

「ヒズール王子殿下に一時帰国してもらい、国王陛下を説得してもらうということはできますか？　本人にできなくても後見人ができるのなら、それでもかまいません」

「ヒズール兄上にそんな力はありません。ヒズール兄上の参謀役はアミード・サリですが、彼にもそこまでの力はないでしょう」

「……それなら、やはり第二回の会談をする方向で話を進めるべきかもしれませんね」

「はい。僕も同意見です」

海成は、ムラッカ国王と協議できる者が第二回の会談の責任者になってくれることを願うことにした。

一方、莉杏はというと……。

「ヒズール王子に会談の合意点をずらせるような権限をもたせるには、どうしたらいいのでしょうか」

次の人に切り替わることを願うのではなく、ヒズールに権限を与えるという方向で考えていた。

海成は、自分やカシラムとはまったく違う考え方をする莉杏につい笑ってしまう。

「そうですね。ヒズール王子殿下が会談中にムラッカ国王陛下の期待以上の働きをしたら、会談の合意点をずらしても怒られないでしょう」

「わたくしたちで期待以上の働きをつくれませんか？　叉羅国のタッリム国王陛下をお守

りしたとか、王女や王子を助けたとか、とても感謝されるようなことを今からしてもらったら……」

莉杏は王女ルディーナを保護し、彼女の旅に同行したということになっているので、叉羅国の皆からとても感謝されている。

こうなることがわかっていたら、ヒズールに功績を譲ったのにと後悔してしまった。

「今からヒズール兄上に功績を立てさせるのは難しいでしょう。……僕たちにできるのは、ヒズール兄上の凶行に気をつけることだと思います」

カシラムの忠告に、莉杏と海成は驚いてしまう。

「ムラッカ国の王族は血縁者にも容赦しません。王位継承権争いをしている王子なら特にそうです。殺される前に殺すことが当たり前の感覚なんです。……ヒズール兄上はこの会談で『降伏宣言と賠償金』を得るために、なんでもするでしょう」

目的のためになんでもするという人たちを、莉杏は赤奏国で何度も見てきている。

莉杏とは違う感覚をもつ人たちは、人を痛めつけることにも殺すことにもためらわなかった。それどころか、楽しむことだってあった。

「皇后陛下やテュラ軍事顧問官を誘拐して要求を突きつける、ぐらいのことはムラッカ国も考えそうですね」

海成はそんなことを言いながら、また誘拐事件かぁ……と遠くを見る。

「ありがたいことに、バシュルク国とムラッカ国は接していません。ヒズール王子殿下の思い通りにならずとっさに……という最悪の展開になっても、また大きな戦争が起きるということはそうないでしょう。とりあえず、会議の間の席の配置を考え直した方がよさそうですね」

海成は、ムラッカ国に襲われる心配とその対応もしっかり考えてくれる。

カシラムもそうした方がいいと力強く頷いた。

「皇后陛下、ムラッカ国側に『このまま態度を変えないのであれば、第二回の会談を開くしかない』と言ってみます。ムラッカ国がそのことに焦って譲歩してくれたら一番ありがたいですけれど、ムラッカ国が怒って帰るという展開になるのも悪くないと思います」

仲裁役である赤奏国の目的は、和平条約を結ばせることである。

ヒズールが怒って帰ってくれたら、ムラッカ国王は使節団の責任者を交代させるだろうし、新しい責任者になれば今よりは話し合いが進むかもしれない。

（……新しい責任者）

莉杏はカシラムをちらりと見てみる。

ヒズールが会談を上手く進められなかったら、本来はカシラムが責任者を引き継ぐはずだ。

（責任者がカシラム王子になってくれたら、双方が納得できる和平条約を結べるかもしれ

ない）
しかし、カシラムはこれからムラッカ国を離れる予定だ。
莉杏はそのことを少しだけ残念に思ってしまった。

王宮に戻った莉杏と海成は、ムラッカ国を揺さぶってみることにした。

海成はムラッカ国の書記官に声をかけ、ただの雑談のように見せかけつつも、「このままだと第二回の会談の予定も立てないといけないですね」と言う。

──それが嫌ならバシュルク国に歩みよれ。

赤奏国側からのこの警告は、ヒズールにどう伝わるだろうか。ヒズールはこれからどんな決断をするのだろうか。

莉杏はルディーナ主催のお茶会を楽しみながら、カシラムからの忠告である『ヒズール王子の凶行に気をつけた方がいい』をルディーナとイルにも教えた。

「ムラッカ国に気をつけた方がいい……？」

莉杏は、ヒズール王子が危険だと言いきるのは失礼だと思い、文化の違いによって危険になるかもしれないという説明をする。

「王位継承権争いがとても激しい国だと聞いています。ヒズール王子に関わりすぎると、別の王子から敵意を向けられるかもしれません。ときには命を狙われることもあるそうです」

莉杏の注意に、ルディーナは呆れた顔をする。

「そんなのどこにでもある話よ。サーラ国だってそう。お父さまとナガール国王陛下の争いがずっと続いているし、司祭たちの仲は今も昔も悪いわ」

国内に争いの火種を抱えているルディーナにとっては、今更の注意なのだろう。

しかし、バシュルク国の傭兵であるイルにとっては、身内同士で激しく争うということが信じられなかったようだ。

「兄弟で争うの⁉　そんなことをする意味があるの⁉」

「意味？　王位がほしいからに決まっているわよ」

イルの疑問に、ルディーナが珍しく答える。

莉杏もその通りだとルディーナに同意したら、イルは言葉を失った。

「協力して国を守った方がいいのに……」

信じられないと呟くイルに、ルディーナは「そんなの綺麗ごとよ」と言う。

イルは呆然としたあと、それでも傭兵らしくルディーナに注意をした。

「王女さま、会談中は絶対に一人で歩いてはいけません。こっそりなら大丈夫というわけではないです！」

「……わかっているわよ」

少し前、城下町でこっそり遊んでいたルディーナは、運悪く誘拐されてしまった。そのあと散々な目に遭ったこともあり、さすがに一人で行動したいと思わないようだ。

「イルも気をつけてくださいね」

イルは厳しい訓練を受けている傭兵だけれど、少女でもある。

莉杏の心配に、イルは笑顔を向けてくれた。

「傭兵は必ず二人一組で動くので大丈夫です！　……あ、そうそう、たとえば火事とかなにかで騒ぎがあるとすぐに逃げたくなりますけれど、お二人はどんなときも冷静に誰かと一緒に行動してください」

イルは王位継承権争いというものには詳しくないけれど、危険な場面での動き方にはとても詳しい。

莉杏とルディーナは、イルの注意にしっかりと頷いた。

「皇后さまとイルにはあとで水盆に入れた小さな魚を贈ってあげるわ」

そして、ルディーナは急に魚の話を始める。

莉杏はイルと一緒に「魚……？」と眼を円くしてしまった。

「危険なことを遠ざけてくれるという言い伝えが魚にあるのですか？」

莉杏がルディーナにその理由を尋ねると、ルディーナが逆に驚く。

「毒殺防止よ！　飲みものや食べものを水盆に入れて、魚に食べさせるの。なにか変化があったら危険だということよ。そんなことも知らないの？」

「あ、魚に毒見をさせるのですね！」

莉杏には必ず毒見役の女官がついている。どうやら叉羅国は魚にその役目を任せているようだ。

「そうよ。でもすぐに魚が死んでしまう毒ばかりじゃないわ。やっぱり人間の毒見も必要なの。味がしない毒なんてそんなにないらしいし、変な味だと思ったらすぐに吐き出すのよ」

ルディーナは、ようやく自分も教える立場になれたことで機嫌がとてもよくなった。

しかしその横で、イルが不思議そうな顔をしている。

「……どくみ？」

莉杏にはイルの気持ちがよくわかった。皇后になった直後の自分もそうだったからだ。

「毒が入っているかどうかを、実際に少し食べてもらって確認してもらうことが毒見です。その役割を任せられた者を毒見役と言います」

莉杏の説明に、イルは頷く。

「そうなんですね……って、毒見役って危険じゃないですか!?」

「ええ、そうよ。でもそれが仕事なの。傭兵だって戦うんだから危険でしょう？」

ルディーナの瞳が「どこが違うの？」と言っている。

イルは頭を抱えながら、必死に言葉を探した。

「たしかに傭兵は危険な仕事ですけれど……。う～ん……。そっか、毒見かぁ……。傭兵学校で毒矢を受けたときの手当ての仕方とか、毒の野草を食べたときの対処は習ったけれど、それだけしかわからないなぁ……」

「わたくしは、毒を飲んだ人がいたり毒を飲んでしまったりしたら、すぐに人を呼ぶようにと教えられました」

ルディーナはふふんと笑い、杯をもちあげる。

「毒見役をすり抜ける毒があったら、毒は杯に塗られているか、もしくは犯人がすぐ傍にいると思っていいわよ。犯人をできるだけ早く捕まえて、毒の種類を聞き出すといいわ。あと、手袋をしている人が怪しいわね」

「手袋をしている人……？」

莉杏は、毒見役をすり抜けた毒を飲みそうになったことがある。

結局あのときは、毒をもっていた人と毒を茶に入れた人は異なっていて、不幸な事故で毒入りの茶になっただけだった。当時のことを思い出してみたけれど、毒を茶に入れた人物は手袋をしていなかったはずである。

「毒はとても危ないの。手についたままだと自分のくちにうっかり入るかもしれないじゃない。手袋をしたまま食事を勧めてくる人には気をつけなさいと習ったわ」

「わかりました、気をつけますね」

「手袋をしている人が怪しい……！　はい、気をつけるようにします！」

莉杏とイルは、ルディーナの忠告に感謝する。

ちなみに、莉杏の護衛としてついてきた武官の功双秋はというと……。

——そんなにもわかりやすく毒を入れてくれる人っているんですかねぇ。

と、こっそり思ってしまっていた。


——ムラッカ国に気をつけた方がいい。

カシラムの忠告は、赤奏国からバシュルク国と叉羅国にもしっかり伝わった。

しかし、危険だと思われていたムラッカ国の使節団に想定外の事態が訪れてしまったようだ。

「ヒズール王子殿下を見かけませんでしたか⁉」

夕方、会談を再開しようとしたときに、ムラッカ国の兵士が莉杏たちを訪ねてきた。そして、取り次いだ女官に焦った様子で質問してきたのだ。

「少々お待ちください。皆に聞いてみます」

女官が聞き回らなくても、ムラッカ国の兵士の声は部屋の中にいる者へしっかり届いている。誰もが「見ていません」と答えていった。

「わたくしも見ていません」

莉杏も皆と同じ答えをくちにする。

女官は廊下に出て、見ていないという返事をした。

「ご協力ありがとうございました……！　もし王子殿下をお見かけしたら、どうか保護してください……！」

彼らはそれだけ言うと、すぐに走り去る。

応接室にいた莉杏が心配そうに廊下の方を見れば、海成はう〜んとうなった。

「ヒズール王子殿下になにかあったようですね。ヒズール王子殿下の最大の敵は身内の中にいるでしょうし……。とりあえず、ムラッカ国の事情を把握すべきです」

海成は会談の準備を中断し、武官や文官に指示を出し始める。

莉杏も武官の双秋を呼び、お使いを頼んだ。

「双秋、カシラム王子のところに行って、ヒズール王子を襲おうとする者がムラッカ国の使節団の中にいるかどうかを確認してきてください」

もしもこの話がムラッカ国の王位継承権争いに関係するものだったら、王子であるカシラムの助言はかなり役立つはずだ。

ヒズールはただ迷子になっただけかもしれないけれど、もしものときに備え、早めに動いておいた方がいい。

「わかりました。では、この果物を頂きますね。今回もマレム殿のお見舞いに行くという形にした方がいいと思います」

双秋は莉杏のために用意された果物を指差す。

女官たちはすぐに果物を布で包み、双秋に渡した。

バシュルク国用の客室にもムラッカ国の兵士はやってきた。

ムラッカ国の兵士は、「ヒズール王子殿下を見かけませんでしたか?」という質問をここでもする。

けれども、バシュルク国から得られた答えも「見ていない」だ。ムラッカ国の兵士は見かけたらすぐ教えてほしいと頼み、あっという間に立ち去った。

「……ムラッカ国お得意の王位継承権争いがここでも……といったところでしょうか」

アシナは、兵士たちの緊迫(きんぱく)した様子からおおよそのことを把握する。

そして、これは好機かもしれないと考えた。

(ムラッカ国に恩を売ることができたら……)

ヒズールを誰よりも早く保護できれば、バシュルク国はムラッカ国へ強気に出られるようになるだろう。

「全員集合。二人一組になってヒズール王子殿下の捜索を手伝ってきてください。向こうの指示には従うように。同時に、罠の可能性も必ず考えておくこと。私はここに残って連絡役になります」

　傭兵たちはすぐに部屋から出ていく。

　勿論イルも相棒と共に廊下へ出た。

　傭兵たちはムラッカ国用の客室を訪ね、ヒズール王子捜索の協力をしたいと申し出る。すると、ムラッカ国の兵士は助かったという表情になり、「よろしくお願いします」と頼んできた。

「ここからあそこまでの捜索をお願いします。我々は向こうを担当しますので、なにかあったら呼びにきてください」

　ムラッカ国の指示に従い、イルたちは宮殿内を移動する。

（王女さまも最初はただの迷子だったんだよね……。早くヒズール王子殿下を見つけてあげないと、大変なことになるかも……！）

　イルはヒズールを心配しつつも、相棒と共に慎重に行動した。

　ここは味方ばかりの自国ではない。基本に忠実に、相棒から離れないようにしつつ、周りをきちんと警戒しておく。

（迷子だとどれだけ捜しても見つからないことがある。相手が動くから、私たちが捜したところにあとで行ってしまうことがあって……）

ムラッカ国の言う通り、こうやって担当の場所を決めて、何度もそこをうろうろする方がいいのだろう。

「……あ！」

イルに割り振られた捜索場所は、あまり手入れされていない庭だった。

大きな木があちこちに生えているので、ひとつひとつ確認していったら、木にもたれて座っている人が見える。

「ヒズール王子殿下⁉」

イルはつい大きな声を出してしまう。

すぐに近くにいた相棒が振り返り、駆けよってきた。

「イル！」

「うん、あそこ！」

二人で駆けつければ、やはり座っている人はヒズールだった。

ヒズールは足首を押さえている。散歩の途中で足首をひねり、動けなくなってしまったのだろう。

「ヒズール王子殿下ですよね。足首以外のお怪我はありませんか？」

「…………」

ヒズールは苛々しているのか、顔を背けてしまった。

変に騒がれる前に、イルは大声を出して応援を呼ぶ。

「すみません！　誰か！　ヒズール王子殿下がいらっしゃいました！」

近くにいた叉羅国の使用人が「ムラッカ国の方々を呼んできます！」と言ってくれる。

あっという間にムラッカ国の兵士たちがやってきて、ヒズールに手を貸し、立ち上がらせた。

「ありがとうございます。本当に助かりました」

「お役に立ててよかったです」

イルはヒズールたちを見送ったあと、振り返ってヒズールが座りこんでいたところをもう一度見てみる。

（死角というわけでもなかったけれど……。誰もあの木の裏を確認しなかったのかな？）

ヒズールは、遠くから眺めるだけでは見えないところにいた。けれども、そう奥深いところではないし、迷子がいるのなら念のために見に行くところだろう。

（あ、でも、ヒズール王子は動けなくなるまで歩き回っていたのかもしれない）

ヒズールは、迷子になってから足をひねったのか、それとも迷子になる前に足をひねったのかはわからないけれど、しばらくは怪我した状態で動いていた。しかし、段々と痛みが強くなり、ついに動けなくなったのだろう。

ずっと見つからなかったのはそういうことだろうとイルは納得し、アシナのところへ報告しに行った。

莉杏たちは、ヒズールが見つかったことをムラッカ国の兵士から教えられた。ヒズールは散歩中に転んで足をひねり、なんとかして戻ろうとしたけれど迷い、足の痛みがひどくなってついには動けなくなった……ということだったらしい。

「ヒズール王子が一人で歩いていたのですか？　従者をつけずに？」

異国の地でそんなことをしても大丈夫なのかと莉杏が心配したら、海成はムラッカ国の書記官から手に入れた情報をこそっと教えてくれた。

「会談が上手く進まないことに苛ついていたヒズール王子殿下は、『ついてくるな！』と従者を叱っていたそうですよ」

「まぁ……。ムラッカ国の方々も大変ですね」

ついていけばヒズールに叱られるし、ついていかなければヒズールを危険な目に遭わせてしまう。

こうなったら、従者たちはヒズールに見つからないようにこっそりついていくしかないのだろう。

「ヒズール王子の足の怪我の具合が気になります。会談再開をいつにするかはムラッカ国の希望に合わせましょう。海成、調整をお願いしますね」

「わかりました」

夕方に会談を再開すると言っていたけれど、もう夜になっていた。

ヒズールの足の具合がそう悪くないのなら明日の午前に、もしも悪化してしまったのなら回復を待って会談再開ということになるだろう。

海成はムラッカ国用の客室を訪ね、ヒズールの足の具合や今後の予定を聞いたあと、すぐに莉杏のところへ戻った。

「……お礼をしたい？」

莉杏が首をかしげれば、海成は穏やかに微笑んだ。

「はい。俺たちへのお礼はおまけだと思いますよ。ムラッカ国はヒズール王子殿下を見つけてくれたバシュルク国の傭兵たちと乾杯し、感謝の意を表したいそうです」

「それは素敵なお礼ですね！」

ムラッカ国が譲歩を一切しなかったので、話し合いが進んでいなかった。そんなときに、ヒズールたちがバシュルク国に感謝して歩みよろうとしてくれるのであれば、莉杏たちは本当に助かる。

「明日の会談前に酒で乾杯するのも……ということで、今から会議の間でしませんかというお誘いがありました。皇后陛下はどうなさいますか？　年齢を理由に不参加でもいいと思いますよ」

「大丈夫です。わたくしも仲裁役として乾杯に参加します。お酒は女官に飲んでもらいますね。たしか、ムラッカ国にもバシュルク国にも、本人が飲み干さないと失礼になるような文化はなかったはずです」

国によってお酒に関する風習は異なる。

外交を担当している礼部の文官たちは、文化の違いから揉めごとが起きないように、ムラッカ国、バシュルク国、叉羅国の風習をしっかりまとめてくれていた。

「わかりました。参加しますという返事をしてきますね」

「お願いします」

海成が戻ってきたあと、莉杏は海成と翠進勇と女官二人を連れ、会議の間に入る。

バシュルク国の人たちはもう席についていた。アシナとイルを含めて六人いる。

イルは莉杏に気づくと照れくさそうに笑った。ヒズールを見つけたのはイルだと聞いている。彼女がこの乾杯の主役だ。

「皆さま、杯は行き渡りましたか？」

酒を用意したのはムラッカ国で、人数分の杯を用意してくれたのは叉羅国だ。

ムラッカ国のアミードが手元の確認を求めれば、皆は大丈夫だと頷く。

莉杏は手の中の杯をじっと見つめた。琥珀色の液体はとても美しい。

(これは仲よくなるための乾杯なのに、それでも警戒しないといけないのね)

莉杏は武官の進勇から「毒が入っている可能性もあります。ひとくちだけ飲んだふりをして、あとは女官に任せてください」と言われていた。

バシュルク国の傭兵たちもムラッカ国を警戒しているようだ。杯をもってくるところから酒を入れて渡すところまで、作業している人の手をじっと見て、妙なものが混入されていないかどうかをしっかり確認していた。

(イルは……緊張しているみたい)

乾杯の主役であるイルは、こちらへどうぞと言われて、ヒズールの近くの席に座っていた。

まだ完全に休戦したわけではないので、ヒズールとイルの間にはヒズールの従者が座っていたけれど、ムラッカ国が歩みよろうとしている気持ちは伝わってくる。

「それでは、ヒズール王子殿下……」

アミードがヒズールを促せば、ヒズールはくちを開いた。

「ムラッカ国とバシュルク国と赤奏国の勇ましい栄光を、我が戦神に祈る。……乾杯！」

「乾杯！」

莉杏は言われた通りに杯へくちをつけたふりをしてから、そっと杯を下ろす。

予定通り、女官が莉杏の手にある杯を受け取ろうとしたので、莉杏はお願いしますと小さく頷いて渡した。

乾杯のあとは、バシュルク国の傭兵は素晴らしいという話になる。

イルは緊張しつつも、隣のムラッカ国の人に光栄ですと答えていた。

この会議の間が久しぶりに和やかな空気に包まれる中——……突然ごとんという音が響く。

「え……？」

誰かが戸惑いの声を上げた。

莉杏はどうしたのだろうかと音の出どころを探る。すると、自分の左斜め前の人が杯を落としたらしく、卓に酒の染みが広がっていた。

「ううっ、ぐっ……！」

「腹、が……」

杯を落としたのは一人ではない。

イルの両隣の二人ともが杯を落としていた。彼らは苦しげに呻き、腹を押さえながら倒れる。片方はそれだけで終わらず、胃の中のものを吐き出した。

――毒だ。

バシュルク国も赤奏国も、毒を盛られる可能性を考えていた。

だから、すぐにこの苦しみ方は毒だと気づいた。

けれども、『なぜ』と誰もが思ってしまう。

毒で苦しみ出したのは、バシュルク国の傭兵ではなくてムラッカ国の人間だったのだ。


「貴様！　我らの戦友に毒を盛ったのか⁉」


アミードの叫(さけ)びで、莉杏はようやく事態を把握する。

「そっちか……！」

海成の焦った声を打ち消すかのように、ヒズールがイルを指差した。

「その女を捕(とら)えろ！　絶対に許すわけにはいかない！」

イルの両隣に立っていた二人のムラッカ国人が、乾杯したあとに苦しんで倒れた。

他の人たちに問題がないのなら、この二人だけに毒が盛られたと考えるのは自然な流れだ。

「……！」

これは、ムラッカ国の罠(わな)だったのかもしれない。

ムラッカ国がバシュルク国を非難するために、味方さえも犠牲にした作戦だったのだとしたら。

(もしかすると、ヒズール王子の足の怪我も……!)

なにもかもが仕組まれていたのだろう。

だとしたら、このままではイルが危ない。どうにかして彼女を助けないといけない。

(でも、どうやって……!?)

ここは叉羅国だ。そして、毒で倒れたのはムラッカ国の使節団の人だ。

赤奏国の皇后である莉杏がくちを出していい場面なのか、とっさに判断できなかった。

「皆さま! 動かないでください!」

この場を落ち着かせる言葉を発したのは、武官の進勇だ。

部屋の中にいた全員が一斉に進勇を見る。

「倒れたお二人は、毒物を飲んでしまった可能性が高いです。今はなにもわかりません。まずはお手もちの杯を絶対に手放さないようにしてください。そして、互いを見張って不審な行動をさせないようにしましょう」

今にもイルに摑みかかりそうだったムラッカ国の人たちを、進勇はなんとかなだめる。

「第三者である叉羅国の方に調べてもらった方がいいと思います。ひとくちではさほど症状が出ない毒かもしれません。苦しくなってきた人はすぐに申し出てください」

　海成もまた、この場は叉羅国に任せるべきだと提案してくれた。

　しかし、アミードは怒りの声を上げる。

「ふざけるな！　どう見ても犯人はその傭兵だろうが！」

　全員の視線を浴びることになったイルは、それでも杯を握りしめながらじっとしていた。突然両隣の人が倒れて、毒を盛った容疑者にされてしまったのに、大きな声で言い訳したりこの場を飛び出したりせず、ずっと冷静に自分のすべきことをしている。

「アミード書記官、落ち着いてください。そもそも杯に毒は塗られていたものなのか、酒に入っていたものなのか、あとから混入したものなのかは、現段階ではわかりません」

　海成はどうか落ち着いてほしいとアミードに声をかけた。しかし、それは逆効果になってしまう。

「貴様、仲裁役でありながらバシュルク国に味方し、その上、我らを疑うと!?」

　アミードは引いてくれなかった。いや、引く気がないのだ。ムラッカ国は、イルを犯人にしなければならないのである。

（この場を収められるのは、完全な第三者である叉羅国の人だけ。なんとかして叉羅国の人を呼んでこないと……！　早く……！）

莉杏はとっさに隣にいた女官にしがみつき、声を出した。

「やめて！」

——幼い皇后というのは武器だ。

莉杏には祖父の教えがある。かつて教えられた通りに動けば、女官たちはすぐに対応してくれた。

「どうか皇后陛下だけは退出させてくださいませ。まだ幼く、このような場に引き止めるのは……」

ムラッカ国もバシュルク国も、莉杏がおびえている様子を見て、それだけはしかたないと思ってくれたのだろう。

女官に連れられて退出しようとする莉杏を引き止めはしなかった。

莉杏は廊下に出るなり、叉羅国の兵士に声をかける。

「ラーナシュ司祭かルディーナ王女を呼んでください！」

彼らがすぐに駆け出してくれたので、莉杏はその場で待つことにした。

会議の間には大きくて頑丈な扉がついていたけれど、それでも怒鳴り声らしきものが廊下にも響いてくる。

（……早く、早く！）

莉杏が朱雀神獣に祈っていると、複数の足音が聞こえてきた。

秋だ。

駆けつけてくれたのは、王女のルディーナとその侍女、そしてお使いを頼んだはずの双秋だ。

どうしてこの二人が一緒にきたのだろうかと、莉杏は驚く。

「カ……じゃなくて、俺の弟が、あちらさんは絶対に迷子のふりをして罠をしかけてくるって教えてくれたんですよ。だから急いで王宮に戻ってきて、そこでお会いしたルディーナ王女殿下に気をつけてほしいと声をかけたら……」

「貴女が呼んでるから急いできてほしいって兵士に伝えられたのよ」

そういうことだったのかと莉杏は納得し、事情を簡単に説明した。

「迷子になったヒズール王子をイルが見つけたので、ムラッカ国はバシュルク国へ感謝の意を表すために、ムラッカ国とバシュルク国と赤奏国で乾杯しようと誘ってくれました。ですが、乾杯のあと、イルの両隣にいたムラッカ国の方々が倒れたのです。それで、イルがムラッカ国の人に毒を盛ったのではないかと疑われてしまいました」

「イルはそんなことしないわ。罠よ！」

ルディーナは迷わず言いきった。

莉杏はそれに力強く同意する。

「皇后陛下！」

「どうしたの⁉」

「わたくしもそう思います。ルディーナ王女、第三者としてこの場を収めてください。イルは犯人ではないと貴女が証明してくれたら、ムラッカ国も引き下がるはずです」

「えっ、ええ⁉　わたしが⁉」

ルディーナは「突然そんなことを言われても！」と慌ててしまう。

莉杏はルディーナの手をぎゅっと握った。

「前にわたくしへ毒を盛った人物の特徴を教えてくれましたよね⁉」

「ええ。手袋をしている人が怪しくて……」

「はい。毒を直接触ると危険だからです。でもイルは手袋をつけていませんでした。もしもイルが毒を盛ったのなら、まだあの指に毒がついているはずです！」

莉杏の言葉に、先に「なるほど」と言ったのは双秋だ。

ルディーナと莉杏とイルの茶会の場に双秋もいた。双秋もルディーナの毒見の魚の話を聞いていたので、莉杏のしようとしていることを理解できたのだ。

「ルディーナ王女殿下に水碗と小魚を用意してもらって、みんなの前でイルの指を毒見させるってことですねぇ」

「そういうことね！　わかったわ、すぐに用意させる！　ねぇ、毒見用の水碗と魚をもってきて！」

ルディーナは兵士に声をかける。

さすがは毒殺の危機が常にあった国だ。兵士たちもそれだけの言葉ですぐに動き出した。

「あとはルディーナ王女が仲裁するだけです」

「えっと、それもわかったわ。でも、どうやったら……！」

「今から流れを簡単に説明します。わたくしは廊下でおびえていることになっているので、困ったときは双秋に助けてもらってください」

双秋はその場に合わせた設定をつくるのがとても上手い。ルディーナをきっと助けてくれるだろう。

「わかりました〜。俺にお任せください」

「待って！　わたしは任せてなんて言えないんだけれど⁉」

ルディーナは「いきなりすぎるわ……！」とおろおろし始める。

莉杏はそんなルディーナの瞳をじっと見つめた。

「今のルディーナ王女なら絶対にできます。貴女は、叉羅国の内乱を止めることができた王女ですから」

ルディーナは、暁月作の脚本を覚え、莉杏の指導に耐え、『光の神子に導かれた王女』になりきって叉羅国の内乱を止めた。

大きな経験を得ているルディーナは、あのときと同じだと言われたことで、ほんの少しだけ『できるかもしれない』という気持ちになる。

「上手くできないかもしれないけれど、イルを助けたいし……やるわ！　説明して！」

「はい！」

莉杏は会議の間ですべきことを説明した。

時間がないので、あのときと違って練習することはできない。

それでもルディーナは覚悟を決め、大きく息を吸う。


「サーラ国の王宮で毒を盛ったのは誰なの⁉」


ルディーナの叫び声に合わせて、双秋は会議の間の扉を開いた。

双秋はどうぞと言い、会議の間に入るようルディーナを促す。

莉杏付きの女官は、中の様子が莉杏にもわかるように扉を手で押さえ、開けたままにしてくれた。

「これはどういうこと？　説明して」

ルディーナが部屋の中を見回せば、双秋は素早く海成に眼で合図を送る。

海成は自分の役割をすぐに察し、望んだ通りに動いてくれた。

「ルディーナ王女殿下、私に発言をお許しください」

「許すわ」

海成は恭しく頭を下げたあと、手を動かしてルディーナの視線を誘導した。

「まずは苦しんでいる方の救助をお願いします」

「そうね。誰か、あの二人を医者に診せて」

ルディーナが廊下にいる兵士へ命じれば、兵士はすぐに動いてくれた。

「それは我々が……！」

しかし、アミードは叉羅国の兵士を止めようとする。

ルディーナはそれを叱りつけた。

「お黙りなさい。わたしはまだ事情がわからないの。この場にいる全員が、神聖なるサーラ国の王宮に毒をもちこんだという疑いをもたれているのよ」

ルディーナは運ばれていく二人を見てため息をつく。

他の人たちからは、ルディーナがこの騒動へ呆れているように見えたかもしれないけれど、ルディーナはここまで上手くできたことにほっとしたのだろう。

双秋はそんなルディーナの肩を叩き、次にすべきことを耳打ちした。

「そこの男、続きを」

ルディーナが海成を促せば、海成は軽く頷く。

「了解いたしました。……我々は友好を深めるために、ここで乾杯をしていました。酒を用意してくださったのはムラッカ国で、杯を用意してくださったのは叉羅国です。乾杯してからしばらくすると、ムラッカ国の使節団のお二人が苦しみ、倒れてしまいました」

海成の説明が終わると同時に、アミードは叫んだ。

「その女が犯人です！　両隣の杯に毒を盛ったのです！」

アミードはイルを指差す。

ルディーナは腕を組み、眼を細めた。

「貴女が犯人なの？　答えて」

イルは動揺していたけれど、なんとか声を出す。

「違います！　私はなにもしていません！」

「そう。でもたしかに貴女が怪しいわ。ムラッカ国人を殺そうとする動機があるし、毒を入れる機会もあるもの」

「……！」

アミードはその通りだと嬉しそうにしたけれど、イルは違うと何度も首を横に振る。

「──ルディーナ王女殿下」

そのとき、双秋はルディーナにまたなにかを耳打ちした。

ルディーナはそれに頷き、手を二回叩く。

「その傭兵が嘘をついているかどうかを今から確かめるわよ。水碗をもってきて」

すぐに兵士がこの場に水碗をもってきた。

皆、これでどうやって確かめるつもりなのかと首をかしげる。

「傭兵が毒を盛ったのなら、えぇーっと、……説明が面倒だわ。ちょっと。貴方、わたしの代わりに説明して」

「了解いたしました」

なぜか赤奏国人の双秋が妙なことを命じられているのだけれど、それをおかしいと言い出す者はいない。

ムラッカ国はどうにかしてイルを犯人にしないといけなくて焦っていたし、バシュルク国は罠に嵌められたことで動揺していたのだ。

「乾杯の準備は、ムラッカ国と叉羅国でしました。つまり、そこの傭兵が隣の人だけに毒を盛りたいのなら、酒を注がれたあとの杯にこっそり入れるしかないんです。こっそりですよ。指でつまんでぱっと入れる以外の方法はないでしょう」

双秋は指でなにかをつまむ仕草をし、皆の視線が集まってから指をぱっと離す。

「つまりですね、そこの傭兵が毒を入れたのなら、毒の塊を直接もっていたはずです。まだ指先にその毒がついているはずなんですよね」

皆が一斉にイルの指先を見る。

イルは手袋をしていない自分の指を見て息を呑んだ。

「人が倒れるほどの毒です。水碗の中に入っている魚ならすぐになにかの反応を示すでしょう。さぁ、この碗に手を入れてみてください」

叉羅国の使用人が水碗をイルの前にもっていった。

イルはおそるおそるその中へ両手を入れる。

水碗の中で泳いでいた魚はイルの手にちょっと驚いていたけれど、すぐに気にしなくなり、すいすいと泳ぎ続けた。

「魚の様子はどう？」

ルディーナが水碗をもっている使用人に声をかければ、使用人は「異常ありません」と答える。

（よかった……！）

廊下にいる莉杏は息を吐いた。

イルを救う作戦を一度説明しただけだったけれど、ルディーナは見事にイルを救ってくれたのだ。

「二人とも腹を押さえていましたし、片方は吐いてもいました。もしかすると、食事が合わなかったのかもしれません。あとは医者に任せましょう」

双秋は、そもそも毒が原因ではないかもしれないと笑顔で言う。

するとルディーナは、呆れた表情になった。

「お腹を壊しただけ？　そのぐらいのことで騒がないでほしいわ」

「おっしゃる通りです」

双秋はうんうんと頷き、ルディーナの背中を押す。

「旅の疲れもあるでしょうし、ムラッカ国の使節団の皆さんも、バシュルク国の使節団の皆さんも、どうかお身体に気をつけてくださいね」

これで一件落着、と双秋はルディーナと共に部屋から出た。

莉杏は息を吐いたあと、この場をまとめるために会議の間へ入る。

「ヒズール王子、話は聞きました。食事が合わなくて大変なことになったそうですね」

莉杏は、二人の臣下が腹痛で倒れたという前提で話を進め、ヒズールに労りの言葉をかける。

「会談の再開は、倒れたお二人の様子を見ながら決めましょう。困ったことがあればいつでもわたくしに相談してくださいい」

毒殺騒動は、ムラッカ国による自作自演。

それは誰の目にも明らかだったけれど、バシュルク国の前でムラッカ国の顔に泥を塗ってはいけない。恥をかかせたら、それをごまかそうとしてあとに引けなくさせてしまうということを、莉杏は祖父から教えられている。

(あくまでもここは『ムラッカ国が気の毒だ』という場面にしないといけない……!)

それが仲裁役である莉杏の仕事だ。

バシュルク国はムラッカ国に怒りを覚えているだろうけれど、なんとか我慢してくれた。

莉杏はルディーナを連れて赤奏国用の客室に戻った。

ルディーナは部屋に入った途端、一気に力が抜けてしまったようで、その場に座りこむ。

「上手くできていたかしら……!?」

「ええ。素晴らしかったです。こちらにどうぞ」

莉杏はにっこり笑い、ルディーナに手を貸して椅子へ座らせる。

「ルディーナ王女、イルを助けてくれてありがとう。貴女の知恵と勇気のおかげで本当に助かりました」

「別に、このぐらいのことはできて当然よ」

莉杏が改めて感謝の気持ちを述べると、ルディーナは得意げに笑う。

「双秋もありがとう。貴方がいてくれてよかったです」

「いえいえ。早く戻ろうと急かしてくれた弟のおかげですよ」

双秋の視線の先に、外套で顔を隠している子どもがいた。

「……っ！」

カシラム、と名前を呼びそうになり、莉杏は慌てて自分のくちを手で押さえる。

叉羅国の建物内にいると声がよく通るので、発言には気をつけなければならない。

「どうして……」

「弟は体調不良で伏せっていたんですけれど、なにかの助けになりたいと言って王宮までついてきちゃったんです〜！　賢くて立派な弟をもって俺は幸せ者だなぁ」

双秋は肩をすくめ、「俺は止めたんですよ」と小さな声でつけ加えた。

「マレム殿の見舞いのついでに、弟にムラッカ国の王子が行方不明になったかもしれないという話をしたら、王子の行方不明騒動は自作自演の可能性もあると言われたんです。お礼をしたいと言って招き、相手に毒を飲ませるのは普通のことだと。そしてもう一つ。お礼をしたいと言って招き、自分の身内を殺して『お前がやったんだな！』と言い出すのも普通のことらしいですよ」

まさにその通りの展開になったばかりだ。

莉杏が驚けば、カシラムは無言で頷く。

「王宮内にいた方がムラッカ国の動きにすぐ対応できるということで……これはもう連れていった方がいいかなと」

カシラムは危険だとわかっていたけれど、それでもなにかしたいと思って王宮にきてくれた。

「ここまできてくれてありがとう」

莉杏がカシラムに礼を言えば、カシラムはわずかに笑う。

「当たり前のことをしただけです。僕も、ルディーナ王女殿下も」

話の矛先を向けられたルディーナは、くちびるをとがらせる。

「別に……ほら、イルには守ってもらったし……囮にもなってもらったし、今度はわたしが助けてあげてもいいってちょっとぐらいは思うわよ。……ああもう、それはいいの！　ねぇ、結局お腹を壊したって話だったの？」

ルディーナはよくわからないという表情で疑問を投げかけた。

それには進勇が答えてくれる。

「間違いなく毒だと思います。乾杯のときではなく、その前に毒をくちにしていた可能性もありそうですね。気づかれないように毒を飲ませることができて、腹痛や嘔吐という症状があるのなら、使われた毒は砒霜かもしれません」

赤奏国もバシュルク国も、毒を警戒していた。

だからこそあの場でムラッカ国の動きに怪しいところはなかったと、全員が言いきれる。

「なにそれ……。ムラッカ国って自分の味方も殺すの？　信じられないわ……」

ルディーナは身体を震わせた。

莉杏は自分の手をぎゅっと握る。かつての赤奏国を思い出してしまったのだ。

（味方にも容赦をしない人はたしかにいた……。わたくしたちはもっとムラッカ国に気を

つけなければならない）

暁月の異母兄である堯佑は、失敗した者にとても厳しかった。命を奪うことにためらいがないどころか、それを楽しんでいるような人だった。

きっとヒズールも堯佑のような考え方をする人なのだろう。

「こんなことをしていたら、いつか臣下の心が離れていくと思うんですよねぇ。ああでも、これがムラッカ国の常識なら、みんな気にしないのかもしれません」

双秋がすごい国ですと言ったとき、女官が莉杏にすっと近よってくる。

「皇后陛下、ご歓談中に失礼します。バシュルク国のテュラ軍事顧問官から、明日の朝食をご一緒しませんかというお誘いがありました」

この朝食の誘いの目的はとてもわかりやすかった。きっとアシナは、イルを助けた礼を言いたいのだろう。

（イルが毒を盛った犯人にされかけていて大変だったのに、それでもわたくしが叉羅国の人を呼んだことに気づくなんて……！）

アシナは周りをよく見ている人だ。そして、義理堅い人でもある。

「ぜひご一緒したいですという返事をしてください」

「わかりました」

莉杏はバシュルク国側の気持ちをじっくり聞くべきだろう。

彼らは今回、イルを殺人犯に仕立て上げようとしていたムラッカ国を見逃してくれた。なにかの形でバシュルク国の味方をすべきだ。

莉杏が仲裁役の役目をしっかり果たそうしたら、ルディーナが文句を言い出す。

「……ねぇ、皇后さまはわたしとも一緒に朝食をとるべきじゃない？　わたしはこんなにも頑張ったんだから」

ずるい、と言わんばかりの声だった。

莉杏は笑顔をルディーナに向ける。

「勿論です。ぜひご一緒させてくださいね」

「じゃあ、明後日の朝！」

ルディーナは喜び、場所はどうしようかしらと悩み始めた。

「晴れていたら外もいいわね。そうそう、お気に入りのお庭には、貴女のために用意した樹もあって……」

そのとき、双秋が「ああっ！」と叫ぶ。

莉杏とルディーナは驚き、なにがあったのかと双秋を見た。

「王女殿下、用事があるところを俺がうっかり引き留めてしまったんでしたよね！　すみませんでした。早く戻らないと！」

「えっ、ええ？　そうだったかしら……？」

「そうです！　侍女の皆さんがお待ちですよ！　さぁ、送りますので今行きましょう！」

双秋はルディーナを立ち上がらせ、くるりと身体の方向を変えさせた。

そして、莉杏に聞こえないよう囁き声でルディーナを注意する。

「王女殿下、その話はまだ秘密にしてください……！」

ルディーナは眼を見開いたあと、そうだったと小さく頷いた。

「皇后さま、侍女が待っているからもう行くわね。場所はあとで伝えるから」

そして、ルディーナと双秋は慌ただしく応接室から出ていく。

廊下でルディーナと双秋は顔を見合わせたあと、「危なかった……」と息を吐き出した。

「……皇后さま、気づいていなかったわよね？」

「大丈夫だと思います。ルディーナ王女殿下にご協力いただけて心強いです」

不安にもなっていますけれど、という言葉を双秋は呑みこんだ。

ここは叉羅国だ。うっかり発言をしても暁月(あかつき)に蹴られて終わりの赤奏国とは違い、簡単に処刑されてしまうだろう。

「皇后さまがわたしの贈りものを受け取るのは、赤奏国へ帰ってから……。それはいいのよ。何事にも順番はあるし、順番はとても大事だもの。友だちの中では、わたしの贈りものを一番に受け取るはずだし」

「はい、その通りです」

双秋は「死にたくなければ余計なことを言うな」と必死に自分へ言い聞かせる。

「でもね、皇后さまが喜んでいるところをわたしだけ見られないのは、ずるくない？」

「はい、その通りです」

双秋は、ルディーナをどうやって宥めたらいいのかを考えた。

やるべきことをきちんとやっておかなければ、内緒話を内緒にしてもらえなくなるかもしれない。それはとても困る。

「だから、絵を描いてほしいの。あとでそれをわたしにもってきて。頼んだわよ」

「はい、その通りです。……ん？」

双秋は「はい」をひたすら繰り返していたのだけれど、うっかり妙な話を引き受けてしまった。

「絵……ですか」

「そう。どんな風に喜んだのか、しっかり見て、しっかり描いてね」

「……絵」

双秋は、最後に絵を描いたのはいつだったたっけ……？　と記憶を探る。

たしか、半年ほど前にひったくりを目撃して、周りの人にひったくり犯の特徴を聞いて

「こんな感じ？」と絵にしたことが……。

「……わかりました～！　みんなにも協力してもらいますね！」

双秋は絵心に自信がなかったので、仲間を巻きこむことにした。おそらく、誰かは上手いだろう。頼むからそうであってほしい。

「楽しみにしているわ」

皇帝から託された極秘計画を進めるためには、どうやらルディーナの可愛らしい望みを叶えなければならないようだ。

三問目

莉杏は、バシュルク国のアシナリシュ・テュラ軍事顧問官の朝食会に招かれている。

女官と武官を連れて赤奏国用の客室から出ようとしたとき、ちょうど廊下から人が入ってきた。

「うわっ！　あ、あ～～！」

驚いた声を上げてさっと方向転換したのは海成だ。海成は大きな荷物を抱えていたけれど、背中を莉杏たちに向けてしまったので、その荷物は莉杏から見えなくなってしまった。

「海成、驚かせてすみません」

「いいえ！　こちらこそ不注意で本当にすみません！　さぁ、どうぞ！」

海成は莉杏に場所を譲ってくれたのだけれど、莉杏は海成に抱えられているものが気になってしまう。

「海成？　それはなんでしょうか？」

「これは……その、……願いを叶える像です」

海成は莉杏に嘘をつきつつ、必死に抱えているものを隠し続ける。

「像……ですか？　わたくしにはお花を植えた植木鉢のように見えましたが……」

「花の像なんです！　他の者に見られたら願いが叶わなくなるので、どうかお見逃しください！」

「そうだったのですね。では見ないように気をつけます」

莉杏はすぐに立ち去ろうとしたけれど、祖母の教えをふと思い出した。

——この世の中には、願いを叶えるという嘘をつきながら、壺や像を売りつけてくる悪い人がいます。そのようなものをどうしても買いたいときは、周囲の人にしっかり相談しなさい。

莉杏は、異国の地で願いを叶える像を買っていた海成が心配になってくる。

海成はきちんと周りに相談していたのだろうか。海成の願いとはなんだろうか。

「……海成、願いを叶える像を買う前に、誰かに相談しましたか？　世の中には悪い人がいるとお祖母さまから教わりました」

遠回しに莉杏から「騙されていないか心配だ」と言われてしまった海成は焦った。妙な展開になったら困る。

「えっ!?　あ、はい。勿論ですよ。ねえ、進勇殿」

海成からいきなり話の矛先を向けられた進勇は動揺した。なんとか話を合わせようとして、必死に頷く。

「はい。高いものではありませんでしたよ。これは……そう、道教院で頂くお守りみたいなものです。さぁ、皇后陛下、そろそろ行きましょう」

進勇は莉杏の気を引きつけようとする。

海成は今のうちにと荷物を抱え直し、急いで莉杏から離れた。

廊下に出た莉杏はつい振り返ってしまう。進勇のおかげで少し安心できたけれど、また別の心配が生まれたのだ。

「海成は悩みを抱えているのですね……」

あの海成の頭脳で解決できない悩みとはどういうものだろうか。きっと、よほどのことがあったのだろう。

「ええーっと、海成殿の悩みはですね……」

進勇はどうしたらいいのかわからなくて困ってしまった。助けを求めるように莉杏付きの女官へ視線を向ければ、女官はお任せくださいと頷く。

「皇后陛下、海成さまのお悩みですよ。海成さまの頭脳で叶わないお願いごとは一つだけですわ」

ねぇ、と女官が隣の女官に同意を求める。

隣の女官もくちもとに手を当て、その通りですと優雅に微笑んだ。

「あっ……！」

莉杏は小さな声を上げてしまった。

「海成に春が……!?」

莉杏が眼を輝かせれば、女官はくすくすと笑う。

「海成さまは春を迎えようとしてがんばっていらっしゃるのですよ。今は芽吹くのをじっと待ちましょう」

ちなみに進勇は、莉杏と女官の会話の意味がまったくわからなかった。

春……？　芽吹き……？　と混乱しつつも、わかっているかのように頷いておく。

「海成の好きな方はどんな方なのかしら……！　素敵な恋になるといいですね！」

そして、進勇は莉杏のおかげでやっと女官の言葉の意味を理解する。

どうやら海成は恋の悩みを抱いていることになったらしい。

「進勇、海成が悩んでいたら相談に乗ってあげてくださいね。家柄の問題があったとしても、わたくしは絶対に海成の味方をします！」

「えっ!?　あっ、勿論です！　お任せください！」

「春はお見合いの季節ですし、進勇の判断で海成の背中を押してあげてほしいです」

進勇は、莉杏から海成のために動いてあげてほしいと頼まれてしまった。

「それは……ええっと、まだ海成殿から恋のお相手の名前を聞いていないんです。今は話を聞いている段階でして……」

「そうだったのですね。では、お名前を聞くことができたら、わたくしにも協力させてください」

「わかりました。皇后陛下のくちぞえがあれば心強いです」

進勇はなんとかごまかしたあと、こっそり息を吐く。

勝手な設定をつけ加えられてしまった海成に、あとでしっかり謝っておこう。

女官と武官を連れた莉杏がバシュルク国用の客室を訪れると、扉の前にイルがいた。

どうぞと扉を開いてくれたイルに、莉杏は元気そうでよかったという気持ちをこめて微笑みかける。

莉杏の心配の気持ちはイルに伝わってくれたようで、イルは声を出さずに「ありがとうございました！」と言ってきた。

「おはようございます、テュラ軍事顧問官」

莉杏が部屋に入れば、アシナは笑顔で迎えてくれる。

「おはようございます、皇后陛下。急な誘いに応じてくださりありがとうございます」

「いいえ、お誘いいただけてとても嬉しかったです」

最初の挨拶はとても和やかに終わった。そのことに莉杏はほっとする。

（どんな話をされるのかしら）

朝食会はあくまでも非公式な場だ。アシナとの会話の中で判断に困ってしまったときは、考えておきますねと言えばいい。

「こちらへどうぞ」

アシナは莉杏に椅子を勧めてくれる。

莉杏が席に着き、飲みものが運ばれてきてから、いよいよ朝食会という名の密談が始まった。

「皇后陛下、昨夜はありがとうございました。叉羅国の王女殿下を呼んでくださったのは皇后陛下だと伺いました。あの場を収めるための的確な采配に、心から感謝しております」

まずは昨夜の事件の話だ。

莉杏はあくまでも不幸な出来事だったという前提で話をしていく。

「とんでもないです。ルディーナ王女の機転のおかげで、すぐに解決できてよかったです。昨夜はお疲れさまでした。大変だったでしょう」

莉杏がアシナたちの気持ちによりそう言葉をかけると、アシナはほっとしたようだ。

「皇后陛下がこの会談の仲裁役を引き受けてくださって、本当によかったです」

「わたくしもバシュルク国の方々とお話しすることができてとても嬉しいです。気軽に挨拶しに行ける距離ではありませんから、このひとときをとても大事にしたいと思っています」

　バシュルク国と赤奏国は遠い。

　アシナはおそらくそのことも気になっているだろう。

（今回の会談で和平条約が結べなかったら、第二回の会談が開かれる。その日程の調整をしている間に、赤奏国の隣国（りんごく）であるムラッカ国がこっそり動いてしまうのでは……という心配をするのは当然のことだ）

　莉杏たちは、事前に会談の結論を決めている。バシュルク国寄りである今の結論は、今の状況（じょうきょう）に合わせたものだ。

　第二回の会談をしましょうとなったときは、またそのときの状況に合わせた結論を用意するだろう。次もバシュルク国寄りの結論になるとは言いきれない。

「おっしゃる通りです。私たちの国はとても遠く、簡単に行き来できません」

　アシナは運ばれてきた食事を見た。バシュルク国にはない食材が使われている。バシュルク国にとって叉羅国は遠い国で、赤奏国はもっと遠い国だ。

「皇后陛下は、会談の結論を急いで出した方がいいと思われますか？　それともじっくり取り組んだ方がよりよいものになるとお考えですか？」

　莉杏はアシナの問いかけに答えられなかった。それは自分の中に答えがなかったからではない。

「わたくしに言えるのは……第二回の会談が開かれたときに、ムラッカ国の使節団の責任者が誰になっているのかは、現時点ではわからないということだけです」

ヒズールが責任者のままでは、第二回の会談でも満足する結論を出せないだろう。だからといって、ヒズールではない別の人が責任者になっていたとしても、話し合いがしっかりできるようになると言いきれるわけではない。

「……会談の責任者というのは、有能な方に任されるものだと思っていました。私は世間知らずであったことを恥じなければいけませんね」

バシュルク国にとっての外交は、傭兵を雇いたいという依頼に応じるかどうかであった。その交渉はいつも有能な人物に任せていたし、最終的に金を払えるかどうかという話になる。バシュルク国がこれまでに経験してきた外交の種類は、あまりにも少なかったのだろう。

「外交を誰に任せるのかという方針は国によって異なります。女性には任せないという国も多いでしょう」

バシュルク国は女性でも当たり前のように傭兵を目指すし、能力があればどんどん出世していく。

しかし、それはとても珍しいということを、莉杏は知っていた。

「テュラ軍事顧問官、わたくしは貴方の意思を尊重しようと思います。この会談で結論を出すつもりであればそのように。第二回の会談を開きたいのなら、今回は結論を出せないようにしていきますね」

アシナはどうするのか迷っているのだろう。答えをここで出すことはなく、莉杏に礼の言葉だけを述べた。

赤奏国がムラッカ国に会談再開をいつにしたいかと問えば、再開はもう少し先にしてほしいと言われた。

莉杏は「勿論(もちろん)です」と答え、それをバシュルク国に伝える。

ゆっくりする時間ができたので、莉杏は海成とこれからのことについての打ち合わせをじっくりすることにした。

「結局のところ、ムラッカ国がどうするかでこちらの対応がすべて変わります。まずはムラッカ国に残っている選択肢(せんたくし)を考えた方がいいでしょう」

やれやれと言いたそうな顔をしている海成は、部屋の端(はし)にいたカシラムを見る。

ムラッカ国に一番詳(くわ)しいのはカシラムだ。カシラムは少し前、ヒズールの思考を読んでイルを救おうとしてくれたこともあった。

「…………」

しかし、カシラムは黙ってしまう。

この先のことが読めないのか、それともただ言いたくないのか。

海成は無理に聞き出す必要はないと判断し、視線を莉杏に戻す。

「俺ならこのあとは……」

海成なりにムラッカ国の動きを予想しようとしたとき、カシラムが立ち上がる。

「ヒズール兄上がすべてを考え、すべてを指示しているわけではありません。ヒズール兄上は世話役であるアミードにほとんどを任せているでしょう」

責任者の役目は頷くことである。

提案も実行も信頼できる相手に任せておかないと、忙しくなりすぎて頷くことさえできなくなるのだ。

「会談で結論が出せないのは、すべてアミードの責任になると思います。兄上は自分の判断に誤りがあったということを認められないでしょうから」

カシラムの予想に、海成は呆れ声を出した。

「部下の責任を取るのが王子の仕事なんですけれどね」

「はい。ヒズール兄上はそうやってどんどん味方を減らしています。それは自分の首を絞める行為なのに」

ヒズールに参謀の才能があればアミードを処分しても困らないかもしれないけれど、そうではないのなら最後まできちんと庇うべきだ。

（わたくしたちは支えてくれる人をとても大事にしなければならないのに……）

莉杏は、内乱が起きたときのことを思い出す。

あのとき、あっという間に茘枝城から人が消えてしまった。けれども、残ってくれる人たちもいた。

暁月は、大変なときでも残ってくれた人たちをとても大事にしている。信頼に信頼を返しているのだ。

「アミードも焦っているはずです。ここからは国と国との正式な話し合いで結果を出すことを諦め、裏約束のようなものをもちかけてくるかもしれません」

カシラムは、アミードが自分を守るために密かに動くのではという予想をする。

「それから、アミードは責任を押しつける相手も探していると思います。もしくは、手柄を立てるようなことを……。王女を自分たちで誘拐して、自分たちで助けるとか」

カシラムは今後の展開を幾つも予想する。

しかしその中に、一度国に戻ってムラッカ国王と交渉してくるという普通の方法はない。

（当たり前が違うのね）

莉杏が頭を悩ませていると、女官に声をかけられた。

「皇后陛下、ラーナシュ司祭さまがいらっしゃいました」

「ラーナシュが？　すぐに通してください」

カシラムは念のため奥の部屋に隠れる。

応接室に入ってきたラーナシュは、爽やかな笑顔を浮かべながらとんでもないことを報告してくれた。

「皇后殿。昨夜、腹痛で倒れたムラッカ国の二人が死んだぞ」

「……それは……とても悲しいですね」

莉杏は眼を伏せ、心の中で「どうか安らかに」と祈る。

すぐ医者に診てもらったから助かるかもしれないと思っていたけれど、あまりにもつらい結末になってしまった。

「医者は毒物を飲まされたと言っていた。……まあ、そのこともあってだな、サーラ国としてはそろそろムラッカ国に帰国してほしい。あれはやっかいごとしかもちこまないだろう。二回目の会談をするなら、場所を変えてもらうことになるかもしれない」

異国人をあまり好まない叉羅国が会談の場所を提供してくれたのは、傭兵の国であるバシュルク国との繋がりがほしかったからだ。

ラーナシュたちはその目的をもう達成できている。ならば、毒物を平気でもちこんで平気で使うような国を追い出したいと思うのは当然だろう。

「それと、ムラッカ国は王宮の使用人に金を握らせているようだ。ムラッカ国だけではなく、サーラ国の使用人にも気をつけろ」

「わかりました。……叉羅国の王子と王女の警護を強化してください。恩を売るために、なにかするかもしれません」

「既に手配しておいた。ムラッカ国はかなり焦っているはずだ。皇后殿たちの誘拐や脅迫も考えているだろうから気をつけてくれ。子どもは身体が小さい。木箱一つで連れ出せる」

ラーナシュもまた、ムラッカ国がもちこむやっかいごとはこれで終わりではないかもしれないと考えていた。

「……海成。仲裁役として、二回目の会談をわたくしたちから提案しましょう。大きな問題が起きる前に対処するのもわたくしたちの役目のはずです」

「皇后陛下のおっしゃる通りです」

暁月は最後まで粘れと言ってくれたけれど、状況は変わった。

このままだと、新たな戦争の火種をつくってしまうかもしれない。

（陛下によくやったと言ってもらえるように、二回目の会談でがんばろう……！）

莉杏はすぐに気持ちを切り替える。何事もなく早めに第一回の会談を終わらせるという方針で動くことにした。

ラーナシュと莉杏の会話は、隣の部屋に隠れていたカシラムにも聞こえていた。

カシラムは、ムラッカ国から出ていくという決断を既にしている。それでも、母国のやり方に胸を痛めてしまった。

(こんなことをしていたら、ムラッカ国は早々に行き詰まる)

白楼国の皇帝は、外交政策を積極的に推し進めている。

色々な国と仲よくして味方を増やし、好戦的な国に対して『戦っても痛い目を見るだけだ』と主張して攻めこまれないようにしているその手腕は見事だ。

白楼国のやり方がこの先の主流になれば、戦うことで国を成り立たせているムラッカ国は大変なことになる。戦っても負けるし、負ければ勿論金を得られず、貧しい暮らしをするしかないだろう。

(僕にはその未来が見えている。でも、僕は……)

カシラムは、自分の見張りと護衛を兼ねている双秋につい話しかけてしまった。

「ソウシュウ、僕はどうしたらいいんだろう」

力があればと思う。力があれば逃げなくてもよかった。力があればムラッカ国の使節団の責任者にもなれて、バシュルク国に歩みよることができたはずだ。

「王子ってのは大変ですよねぇ。あ～、でも、そういう質問を俺にするのはいいんですけれど、皇后陛下にはしないでくださいね」

双秋はカシラムの悩みにうんうんと言いながらも、妙な部分に釘を刺してくる。

「……どうして？」

「得られた助言に従って不幸になったら、助言した人に責任を負ってほしくなりますからねぇ。自分のしたことの責任は、自分で取るべきだとわかっていても、俺たちはどうしてもそうしたくなるんですよ」

双秋の言葉にカシラムは黙りこみ、たしかにそうだと納得した。

「自分のしたことの責任は、自分が取る。……なら、ソウシュウは僕の分の責任を負ってもいいわけ？」

「カシラム王子殿下に借りがあるのでいいですよ。皇后陛下を俺の代わりに守ってくださったので、そのぐらいの覚悟はしています」

少し前、子どもだけの四人旅になったとき、カシラムは莉杏とルディーナを逃がすための囮になった。でも、その前にカシラムは莉杏たちに助けられている。

「別に気にしなくてもいいのに……」

「気にするとか気にしないとかじゃなくて、助けられたら助け返したくなりません？」

双秋があまりにもあっさり言うので、カシラムはひねくれた言葉を返せなかった。

「俺はずるい人間ですけれど、余裕があるときなら人助けをしたいと思えますよ。普通はそんなものでしょう」

いつだって人助けをしたいわけではない、と双秋は言う。

カシラムは普通の人間の身勝手さに、少しだけほっとした。

「僕は命の危機があるから国を出たいと思って、安心できるようになったから国に戻った方がいいのではないかと悩んでいる。……それって普通のことなのかもしれないね」

「誰だってそうですよ～。まぁ、命の危機があっても国を守りたいと思う人もたしかにいますけれどね。俺の周りってそういう人が多いんです」

カシラムは笑ってしまう。『そういう人』が何人もすぐに思い浮かんだのだ。

「たとえば、皇后陛下やイルとか？」

「そう。皇后陛下やイルとか。あとは皇后陛下の傍にいる武官もですね」

「うわぁ……。ソウシュウの周りはいい人ばかりなんだね」

「はい。だから俺がちょっとずるいぐらいでちょうどいいんですよ。騙されそうになったら、止めることができますから」

双秋の前向きな考え方に、カシラムはなるほどと言う。

いい人ばかりで心苦しいと思う必要はない。いい人を守ってあげられることを誇りに思えばいいのだ。

「いつか赤奏国に恩返しをしたいな……」

「充分してくれていますって。カシラム王子殿下は俺たちの相談に乗らなくてもいいんですよ。赤奏国の人じゃないですからね」

「……そういえばそうだった」

カシラムは莉杏たちの質問に「知らない」と言うことができるのに、自分から積極的に関わり、赤奏国を助けようとしている。

正体を知られる危険性が高くなるとわかっていても、わざわざヒズールを見張りにきたぐらいだ。

「あーあ……どうしようかなぁ……」

カシラムはムラッカ国から逃げ出し、莉杏に保護してもらえたことで、未来の選択肢が一気に増えた。

赤奏国の人たちはみんな優しい。赤奏国でこっそり暮らすのもいいだろう。きっと莉杏や双秋が一人で生きていけるようになるまで気にかけてくれるはずだ。

他にも、イルを頼ってバシュルク国に行き、傭兵を目指すこともできる。

それ以外の未来だってまだあるだろう。

「ソウシュウは武官を辞めることになったらどうする？」

「ん～……俺は田舎のお坊ちゃんだったので、家に戻って家業を手伝いますねぇ」

「家業か……」

カシラムにとっての家業は『王族』だ。

家に戻って家業を手伝うというのは、王子として国を支えるということになる。

「カシラム王子殿下なら、家業を手伝うのもけっこう合っていると思いますよ」

双秋の言葉に、カシラムは苦笑(くしょう)した。

「そう？　王位継承(けいしょう)権争いに負けて国を出ることになったのに？」

「いやぁ、ヒズール王子殿下と比べたら、ねぇ？」

カシラムは大声で笑いたくなる。その通りだ。ヒズールに比べたらの話だけれど、自分の方が王子に向いているだろう。

「ありがとう、ソウシュウ。なんだか元気が出てきたよ」

「いえいえ。俺の一言どころか三言多い話に長々とつきあってくださり、ありがとうございます」

カシラムは、もう少し気楽に考えてもいいのかもしれないと思った。

ヒズールに比べたら、異国で暮らすことも、傭兵になることも、ムラッカ国に戻って王子として生きることも、自分の方が上手(うま)くできるだろう。

叉羅国と赤奏国による『第一回の会談を早く終わらせて、第二回の会談を開こう』という提案は、バシュルク国へ遠回しに伝えられた。

「このままでは大きな問題が起きる……か。たしかにな」

アシナは、赤奏国の文官の言葉に同意する。

ムラッカ国はきっとまたなにかをしかけてくる。ムラッカ国の動向により注意すべきだろう。

「テュラ軍事顧問官、お客さまです」

そろそろ決断しなければならないと考えていたアシナの元へ、部下がやってきた。

「客人はサーラ国と赤奏国のどちらですか？」

「それが……、ムラッカ国のアミード・サリ書記官です」

アシナは客人の名前を聞いて驚く。

会談というのは、実務を担当する者同士の話し合いが水面下で必ず行われるものだ。けれども、ムラッカ国からそのような誘いはこれまでに一度もなかった。

（今更……？　相談というよりは、なにかの取引の可能性が高そうだな）

ムラッカ国は、自分たちの要求を押しつけることしかできない無能者ばかりだ。

アシナは話を聞くだけにしようと決め、部屋の中に入れる許可を出す。

「どうぞ、おかけになってください」

アシナはにこやかにアミードを迎えたけれど、アミードからは友好的な態度を感じられなかった。

「今日はどのようなご用件でしょうか」

アシナは相手を気遣う挨拶を面倒に思い、早く本題に入りましょうと促す。そんな思いが届いたのかはわからないけれど、アミードはすぐにくちを開いた。

「取引をしたい。そちらにとって悪い話ではないはずだ」

「……とりあえず詳しく聞かせてください」

アシナは、アミードがもってきた取引に期待してはいない。こちらを馬鹿にした取引をもちかけられるのは眼に見えていた。

「我が国の第九王子カシラム・シーカンリークがサーラ国で行方不明になった。彼を見つけて連れてくることができたら、バシュルク国の傭兵部隊の貸し出しと引き換えに、そちらに謝礼金の支払いを約束しよう」

――バシュルク国の傭兵部隊がムラッカ国を支援し、ムラッカ国はバシュルク国に謝礼金を支払う。

これは、アシナたちが最初に考えていた会談の結論だ。ようやく……と言いたくなる。

（第九王子カシラム・シーカンリーク……）

アシナは頭の中にある第九王子に関する知識を引き出した。

そう目立った王子ではない。異国に留学していたけれど、留学先がムラッカ国に滅ぼされ、国に戻ってきた——……という程度の情報しかなかった。

（こんな取引をしてまで捜し出す価値が、第九王子にあるのか？）

個人的な恨みか、それとも個人的に大事にしている相手なのか。

アシナは迷った。ムラッカ国の王位継承権争いに巻きこまれるのは危険だ。勝者に恨まれたら、やっかいなことになるだろう。

しかし、ようやく会談の結論がムラッカ国のくちから出てきた。この最大の好機を見過ごすわけにはいかない。

「第九王子について、もう少し詳しい情報を聞かせてください」

この取引を受けるかどうかの判断をするためには、第九王子カシラムについてもっと知る必要がある。

アシナはできるだけ多くの情報をアミードから引き出すことにした。

アシナは結局、アミードとの取引を保留にしてもらった。

第九王子カシラムについての情報がほとんど得られなかったので、短期間で捜し出すのは難しいと判断したのだ。

（カシラム王子の捜索をするのなら、サーラ国の協力も必要だ。……ラーナシュ司祭に取引をもちかけるか？　バシュルク国の傭兵部隊の貸し出しをちらつかせればいけるかもしれない）

サーラ国は異国人嫌いで有名だけれど、もてなし役の司祭だけは常に友好的な態度で接してくれた。うっかり失礼なことをしたイルを笑って許してくれた。彼は信用できる相手だと思ってもいい。

「カシラム王子は、万が一のときの責任者の代役として使節団に同行していた。年齢は十三歳。茶色の髪。青い服を着ているが脱いだ可能性もある。手の甲に王子の紋様がある。叉羅語はある程度なら話せる……か」

実際に顔を見たことがないムラッカ国人を、異国の地で見つけ出す。

そんなことが本当にできるのだろうか。バシュルク国の傭兵部隊は戦うことに慣れているけれど、異国の地で人捜しをすることには慣れていない。

（絶対にできないとわかっているから取引をもちかけてきたという可能性も考えておこう。譲歩する気はあると思わせておき、私たちにそれは無理だと言わせてから、別の条件に変更して『こちらは譲歩してやった』と印象づける作戦かもしれない）

とりあえず、カシラムについてはもう少しだけ調べてみよう。

叉羅国とムラッカ国と赤奏国は隣国という関係なので、赤奏国と叉羅国はこちらよりもカシラム王子の情報を多くもっているはずだ。まずはそこから探りを入れるべきである。

「皆を呼んでください」

アシナは部屋の中に傭兵たちを集めた。

誰がどこでなにを聞いているのかわからないので、声を小さくする。

「ムラッカ国が『第九王子カシラム・シーカンリーク』を捜しています」

アシナの言葉に、皆が「誰？」という表情になった。その反応は当然のものだ。アシナもカシラム王子については名前と簡単な情報しか得られていない。ヒズールになにかあったときの代役としてサーラ国にきていたことも知らなかった。

（……イル？）

しかし、一人だけ妙な反応を見せる。あれは『名前も顔も知らない』ではなく『なにかを知っているけれど、詳しくはない』だ。

「カシラム王子の身柄を確保できたら、ムラッカ国と取引をすることができるかもしれません。取引をすると決めたわけではありませんが、『ムラッカ国のカシラム王子』に繋がるような情報を意識して集めてください」

アシナの新しい指示に、全員が無言で頷く。

アシナは解散を宣言したあと、イルを呼び止めた。

「赤奏国の皇后陛下たちと一緒に旅をしているときに、ムラッカ国人はどのぐらい見かけましたか?」

叉羅国でムラッカ国人を滅多に見かけないのなら、人の記憶に残りやすいので逆に捜しやすい。けれども、ムラッカ国人がありふれているのなら、期間内に見つけるのはほぼ不可能だ。

「私が旅をしているときは、赤奏国人もムラッカ国人もそれなりに見かけたよ。でも、異国人はみんな国外に避難しようとしていたときだったから、普段はもっと少ないのかも」

「ムラッカ国人が特に多いと感じられる場所はありましたか?」

「特になかったかな。でも、私は異国人の見分けがあまりついていないから……」

「私もですよ」

イルの言葉に、アシナは苦笑した。

叉羅国に着いた直後、もてなし役のラーナシュと顔を合わせたイルは、ラーナシュに「バシュルク国で会ったことがありますよね?」と言っていた。しかし、顔が似ている別人だったようで、ラーナシュに笑われてしまったのだ。

(叉羅国の司祭が用もないのにバシュルク国までくるはずがない)

異国人を好まない彼らは、異国人だらけの土地を観光することはないだろう。

比較的こちらを歓迎してくれているラーナシュも、本心は『早く帰ってくれ』と思っているかもしれないのだ。

「イルはカシラム王子についてなにか知っていることはありますか？」

「ん～、それは、ない……んだけれど……」

イルの言葉が途切れる。

これはなにかを知っているという反応だ。

（ふむ……）

アシナにとってイルは親類だ。彼女は小さいときからずっと素直で真面目で、国を裏切るような人物ではない。

（知っているけれど言わない。……ということは、赤奏国の皇后を護衛したときに知った情報かもしれないな）

傭兵業は信頼が重要だ。契約のときに『仕事で得た機密情報は、バシュルク国に渡さない』という約束をしたのなら、それを守る必要がある。

赤奏国は会談の仲裁役だ。バシュルク国にとって仲よくしていかなければならない相手である。そんな相手の機密情報を、イルから無理やり聞き出すわけにはいかない。

「あのさ……『カシラム』って名前、ムラッカ国ではよくつけられているの？」

バシュルク国は小さな国だ。名前が同じになることはあまりない。

けれども、他の国では名前が同じになることもあるので、愛称を使って区別をつけている。

「国によって名前のつけ方は違うでしょうね。身分によってつけてもいい名前がありますし、逆につける名前が少なくて愛称で呼ぶことが一般的になっている国もあります。ムラッカ国ではどうなのかを確認してみます」

「うん！」

アシナはイルの質問が気になった。

カシラム王子の捜索をすると決めたときに、よくある名前かどうかを真っ先に考えるのは『普通』だろうか。

（たしかによくある名前かどうかの確認は必要だ。でも、イルがそこまで考えられるかというと……やはりなにかを知っている。なにを知っているんだ？）

アシナは部屋から出て行こうとするイルに声をかける。

「イル、『カシラム』という名前が気になっているんですか？」

依頼主の機密情報をイルに言わせる気はない。それは契約違反になってしまう。けれども、契約時に『機密を守っているイルの反応から機密情報を推測する』という約束はしていない。

「……ううん。初めて聞いた名前だったよ」

アシナはイルの反応を見て、カシラム王子の手がかりがイルにあることを確信する。そして、イルの相棒に声をかけに行った。

「イルを見張っておいてください。不審な行動をしたらすぐ報告を」

イルは叉羅国の王女や赤奏国の皇后と一時的に行動を共にしている。そのときに、『カシラム王子』についての機密情報に触れたのは間違いなさそうだ。

ラーナシュが赤奏国用の客室へ『マレムの見舞いのお礼』にやってきた。

「声を小さくしてくれ」

いつもよく通る声で話すラーナシュは、莉杏の顔を見るなりそんなことを言い出す。

「バシュルク国が『カシラム王子』を捜している」

「……！」

莉杏は眼を見開いてしまった。

ムラッカ国がカシラムを捜すのは当然のことだ。けれども、捜しているのがバシュルク国だと話が大きく変わる。

「バシュルク国とムラッカ国の間で、なにかの取引があったのですね」

「おそらくは。バシュルク国に情報提供を頼まれたので、こちらが公式に知っている情報だけを渡しておいた」

莉杏はラーナシュにカシラムを託したとき、『なにも言わずにこの少年を屋敷で預かってほしい』と頼んでいた。

ラーナシュはその時点で『この少年にはなにか事情がある』ということは察していただろうし、カシラム王子を捜しているという話を聞いたときに、正体にも気づいただろう。

しかし、莉杏たちのためになにも知らない顔をしてくれたのだ。

「逃がすか、それとも俺の屋敷で匿う(かくま)か。どちらがいい？」

「……捜索がいつまで続くのかはわかりません。第三国へ逃がすのが一番だと思いますが、カシラムの意見も聞いてみます」

「わかった、急いでくれ。動くのなら今のうちだ。逃がす場合は赤い花を、匿う場合は白い花を俺に見せてくれ」

「はい……！」

ラーナシュはそれだけ言うと、すぐに部屋から出ていく。『お礼を言いにきただけ』なら、長々と話すことはできない。

(今は慎重(しんちょう)に、でも早く動かないといけないときだわ……！)

莉杏はカシラムを呼び、状況が変わったことを教える。

「バシュルク国が貴方を捜しています」

「……バシュルク国が⁉」

カシラムは驚きながらも、すぐにムラッカ国とバシュルク国の間で取引があったことを察した。

「ヒズール兄上たちは、国王陛下が求めた結論を出せなかった。その責任を僕へ押しつけることにしたのでしょう。ヒズール兄上は、弟の手腕に期待して会談を任せたのに、カシラムは国王陛下の期待に応えられなかった。だから次はカシラムの失敗の後始末をしてみせる……という言い訳を国王陛下にするつもりだと思います」

　カシラムは右手にある王子の紋様を、左手でぎゅっと押さえる。

「国王陛下の前で『失敗は死で償わせるべきだ』と言い、僕を殺すつもりです。だから僕が必要になったんです」

　少し前、ヒズールはカシラムを殺そうとした。だからカシラムは逃げた。

　あのときのヒズールは、カシラムを王位継承権争いから脱落させたかっただけだ。カシラムがムラッカ国から逃げ出して戻ってこないのなら、それでもよかったのだろう。だから会談が始まってからは、カシラム捜索の優先順位が低くなり、捜索に本気を出していなかったのだ。

「……カシラム王子、とにかくこの王宮を出ましょう。しばらくラーナシュ司祭に匿ってもらうか、それともラーナシュ司祭に頼んで赤奏国へ出るか。どちらかを選んでください」

　莉杏が二択をくちにすると、カシラムはうつむく。

首都にこのまま隠れていた方が目立たないだろう。けれども、ムラッカ国人のカシラムにとって、叉羅国は敵地のようなものだ。緊張の日々が続く。

逆に動けば見つかる可能性は高くなるけれど、赤奏国に逃げこむことができれば、ある程度の安全は確保されるはずだ。

「僕は……」

カシラムが迷いながらくちを開いたとき、双秋の声が聞こえてきた。大声を出さなくても、廊下からの声はこの応接室までしっかり届く。

「皇后陛下、イルを捕まえてきましたよ〜！　一緒に食べたい美味しいお菓子があるんでしたよね！」

莉杏は、双秋にそのようなことを頼んでいない。きっとこれはなにかの言い訳だ。

「ありがとう、双秋」

双秋の傍にイルが本当にいるのかはわからないので、莉杏は部屋の中から礼を言うだけにした。女官に頼んで扉を開けてもらうと、双秋とイルが応接室に入ってくる。

「……イルが俺の弟に会いたがっていたので連れてきました」

双秋は、廊下で会ったイルから『察してほしい！』という強い視線を送られたあと、『ソウシュウの弟に会わせて』と声を出さずに言われた。

そしてイルと一緒に行動している傭兵は、なぜかイルをずっと見ていた。

双秋は、バシュルク国でなにかあったことに気づき、イルなら信用できると判断して、理由をつけてイルだけをこの部屋に入れたのだ。

「皇后陛下……」

イルは莉杏の傍にいるカシラムをちらりと見る。それからなにかの決意をしたようで、拳にぎゅっと力を入れた。

「詳しいことは言えません。ソウシュウの弟を早く逃してください」

「イル……」

イルはバシュルク国の傭兵だ。もしかして……となにかに気づいても、顧客との信頼関係を維持するために、契約に反することを絶対にしてはならない。

しかし、それ以上のこともすべきではない。バシュルク国から得た情報を、個人的なことに使ってはいけないのだ。

「私をムラッカ国の罠から助けようとしてくれたソウシュウの弟を助けてください

……！」

——カシラムは一緒に旅をして、一緒に囮になった仲間だ。

バシュルク国の傭兵なら、依頼主との契約を守りながら、バシュルク国のためになることをしなければならない。

しかしイルは、カシラムを助けることはできなくても、双秋の弟を助けることはしてもいいはずだと、自分へ必死にそう言い聞かせたのだろう。

「……ありがとう」

カシラムは小さな声でイルに礼を言う。

すると、イルは笑顔を見せた。

「先に私を助けようとしてくれたのはカシラムだよ。王宮に急いで駆けつけてくれたって、ソウシュウがこっそり教えてくれた。元気でね。……あとはよろしくお願いします」

イルはすっきりしたという顔になり、莉杏に頭を下げる。

「はい。あとのことはわたくしに任せてください。イルは赤奏国のお菓子をもち帰り、皆さんと分けてくださいね」

イルは赤奏国の皇后に呼ばれ、お菓子をもらってきた。

それが誰の目にもわかりやすくうつるように、莉杏はできる限りの配慮をする。

双秋はすぐ女官に声をかけ、お菓子を包ませ、イルに渡して部屋の外まで送っていった。

「皇后陛下、僕は急いでこの国を出ます」

カシラムはイルの助言に従い、この国から早く出るという決断をする。

莉杏は女官に赤い花の歩揺をつけてもらい、双秋と共にラーナシュのところへ行ってもらった。

二人はすぐに戻ってきたのだけれど、双秋は困ったという顔をする。

「バシュルク国が赤奏国と叉羅国を見張っています」

「え……？」

まさかイル以外のところからカシラムのことを知られたのでは、と莉杏は焦ったのだけれど、双秋は首を横に振った。

「カシラム王子殿下がここにいることまでは気づいていないと思いますね。赤奏国はカシラム王子殿下についてなにか情報を摑んでいるようだ、ぐらいでしょう。乗りこんでくる気配はありませんが、下手に動くとどこまでもついてきますよ」

バシュルク国の傭兵たちは、最強の傭兵部隊と言われている。

カシラムを逃がすときに怪しいと思われてあとをつけられたら、普通の馬車で振りきるのは難しいだろう。

（状況がどんどん変わっていっている……）

莉杏は深呼吸をし、焦っている心を落ち着かせようとした。

「イルの何気ない反応から、テュラ軍事顧問官たちはなにかを察したのかもしれませんね……。海成が帰ってきたら、安全に逃がす方法を考えてもらいましょう」

莉杏は王宮内で情報収集中の海成を待つつもりだった。

しかし、進勇が「それが……」と言い出す。

「海成殿はバシュルク国に引き留められているようです。カシラム王子殿下の情報を海成殿から得ようとしているのでしょう。長引くかもしれません」

「ええっと……それなら……」

せめてラーナシュとしっかり打ち合わせをしたい。しかしそれをすると、怪しまれるかもしれない。いや、そもそもこの状況で外に木箱を運んだら、絶対に怪しまれる。傭兵部隊が必ずついてくるだろう。

(わたくしはこれまで色々な人に逃がしてもらった。そのとき、みんなどうしてくれていたかしら……！)

皆は莉杏を逃がすときに囮になってくれた。だから、今度は自分が囮になりたい。カシラムには新たな人生に向かってほしいのだ。

(わたくしが騒ぎを起こしている間に逃げてもらう？　でも、どんな騒ぎを起こしたらいいの？　皇后らしく？　子どもらしく？　皇后らしくは思い浮かばなくても、子どもらしくなら……ルディーナ王女ならどんな騒ぎを？)

莉杏には、一人で素晴らしい名案を思いつける能力はない。

――今まで誰かにしてもらったこと。

――自分が見聞きしてきたこと。

その二つを組み合わせることで、どうにかできないだろうか。

「あ！　わたくしはルディーナ王女の真似をしてみます！」

囮になるのは、人にしてもらったこと。

ルディーナ王女の真似は、自分が見聞きしてきたこと。

この二つを使えば、カシラムをこっそり逃がすことができるかもしれない。

「進勇、わたくしは今からわがままを言います」

莉杏の警護責任者である進勇は、莉杏のわがままに緊張した。

「どのようなわがままでしょうか？」

皇后の命令は絶対だ。しかし、皇后が危険にさらされるのであれば、諫(いさ)めなければならない。進勇は自分にできるだろうかと不安になる。


「『城下町で遊びたい』です！」


莉杏のわがままに進勇は驚いた。

城下町の見学は、余裕があればしましょうということになっていたはずだ。警護計画もしっかり立てていたし、それ自体は問題ない。

「今からですか……!?」

「はい、今からです。駄目(だめ)だと言う海成がいないうちにこっそり行きましょう」

莉杏がにっこり笑うと、進勇はちらりとカシラムを見る。

「皇后陛下の馬車に乗ってもらうべきだと俺も思いますが、大きな木箱を運び入れているところを見られたら、その時点で怪しまれます……！」

バシュルク国は、赤奏国の皇后の馬車を止めて中を捜索することはさすがにできない。

しかし、どこに行くかを監視することはできる。

莉杏たちはカシラムを途中までなら送っていけるけれど、会談の最中だからどこかで引き返すことになる。バシュルク国もそれをわかっているので、木箱が馬車を積み替えられるのを待つだろう。

「カシラム王子に乗ってもらうのは、わたくしの馬車ではありません」

莉杏はあくまでも『囮』だ。

空の木箱と共に馬車へ乗り、ここにカシラムがいるかもしれませんという怪しい行動をするだけである。

「他の馬車に乗せたとしても、一緒に出発してしまったら……」

進勇は、結局は危ないと莉杏を止めようとしたのだけれど、莉杏は笑った。

「カシラム王子には、海成の馬車に乗ってもらいます」

——ここにいない海成の馬車に乗る。

どういうことだと皆が首をかしげる中、莉杏だけはにこにこしていた。

カシラムは王宮を出たあと、途中で馬車を乗り換えてラーナシュの屋敷に行き、出入りの商人にきてもらってこっそりその馬車に乗り、赤奏国へ渡ることになった。

「皇后陛下、お世話になりました」

「いいえ。わたくしこそカシラム王子にとても助けられました。あのとき、わたくしを逃がしてくれてありがとう。今度はわたくしが貴方を逃がしますね」

莉杏もイルもカシラムに感謝をしている。

きっとルディーナも同じ思いだろう。カシラムが大変だと聞いたら、なにかしたいと思ってそわそわするはずだ。

「僕は、……いいえ、皇后陛下のお話を聞かせてください。人生で一番大きな選択をしたとき、どんなお気持ちでしたか？」

カシラムは莉杏に『どうしたらいいのか』を聞きそうになり、慌てて言葉を変えた。

自分の未来は自分で決めるべきだ。莉杏に決めさせるものではない。

「わたくしの一番大きな選択……ですか。皇后になることを決めたときですね」

莉杏は暁月と比翼連理の誓いを立てたあと、暁月と共に炎に包まれた。

そのとき暁月は莉杏を逃がそうとして、莉杏は巻きこまれた気の毒な子どもだと言い張ってくれたのだ。

しかし、莉杏はそうではないと朱雀神獣に自ら主張した。暁月とは夫婦で、自分は皇后になり、これからを共にするという決断を、自分の意思でしたのだ。

「皇后陛下に迷いはありませんでしたか？」

「ゆっくり考えてもいいのなら、きっと迷ったと思います」

「……そうだったんですね」

カシラムは、莉杏について詳しくない。

大事に育てられ、皇太子の相手に選ばれ、皆に歓迎されながら皇后になったのだろうという想像しかできなかった。

けれども、莉杏の話をほんの少し聞いただけでも、ふわふわしていた想像が具体的な形に変化していく。

「僕は……臆病者です。大きな決断をしなければならないときに、自分のことばかり考えています。今もそう……。イルも皇后陛下も、こんなにも僕のことを考えてくれているのに」

カシラムは顔を覆った。今更だけれど、情けない自分を隠したかったのだ。

「わたくしからは勇気ある人に見えますよ」

莉杏が穏やかな声で告げれば、カシラムはぎゅっと眼を閉じた。

「慰(なぐさ)めてくださってありがとうございます……」

今のカシラムは、莉杏の言葉を信じることはできない。けれども、莉杏の慰めたいという思いは絶対に受け取りたかった。

そんなカシラムの反応に、莉杏は優しく微笑む。

「本当です。わたくしとルディーナ王女を助けるために、囮になってくれました。イルを助けるために、危険な王宮にきてくれました。貴方や他の人は別のところを見て臆病(おくびょう)だと思うかもしれませんが、わたくしからは勇気ある人に見えています」

みんなそう思っていますよ、と莉杏は言わなかった。

だからこそ、カシラムの胸に莉杏の言葉がじわりとしみこんでいく。

「勇気ある人……」

カシラムは双秋との会話を思い出す。余裕があるときや、逆に急いで決断しなければならないときは、自分も勇気ある人になれるのだろう。

「皇后陛下、馬車の用意ができました」

「はい。では先に行きますね」

莉杏は椅子から立ち上がり、用意された木箱の中へ静かに入った。

バシュルク国の軍事顧問官であるアシナは、赤奏国の文官である海成と立ち話をしながら、少しでもカシラム王子に関する情報を聞き出そうとしていた。

(赤奏国はムラッカ国の隣国だ。絶対になにかを知っている)

ムラッカ国についての質問をしつつ、少しずつカシラムに話を近づけていき、目的の話まであともう少しというとき、部下が駆けよってくる。

アシナは海成に「すみません」と断り、少し離れた場所で部下に向き合った。

「赤奏国が動きました……！　皇后の馬車に皇后を乗せず、子どもが隠れられそうな木箱だけを積みこみ、護衛をつけた状態で王宮から出て行こうとしています……！」

「……それは、赤奏国の皇后を乗せないまま出発したということですか？　本当に？」

「はい！」

赤奏国はなにかを知っていてもおかしくない。

そして、赤奏国と関わりがあったイルもなにかを知っているようだ。

この状況で、皇后の馬車に木箱が積みこまれ、皇后を乗せずに出発した。

(荷物を運ぶだけなら皇后の馬車に載せる必要はない。皇后の馬車を出したのは、異国の人間に手出しされないようにするためだ)

まさか、とアシナは言いたくなる。

消えたカシラム王子が赤奏国に保護されていた——……というのは、不思議なことではない。国を出た者が隣国の貴人に助けを求めるのは、自然な流れだ。

　赤奏国にとってカシラム王子はやっかい者だろうけれど、ムラッカ国の内情を王子から聞き出せる好機でもあるだろう。

（匿ってもらう代わりに、ムラッカ国の情報を渡す……。カシラム王子は赤奏国と取引をした。しかし、状況が変わったために、急いで叉羅国から逃げ出すことにした。イルはカシラム王子の話を皇后やその周りから何気なく聞いていたのかもしれない）

　間違いない、とアシナは動揺を必死に抑える。

「カイセイ殿、部下への指示が長引きそうで……本当に申し訳ないです」

　アシナは、海成がずっと立ち話につきあってくれたのは時間稼ぎだったのだろうと判断した。挨拶をしたあと、海成の返事を待つことなくバシュルク国用の客室に戻る。

「……は？」

　取り残されてしまった海成は、なにがあったのかさっぱり理解できなかった。

　どういうことだと首をかしげながら赤奏国用の客室に入る。そのあと、残っていた文官から莉杏の作戦と伝言を聞いて……莉杏作の大胆な計画に感心した。


　バシュルク国の傭兵たちは、赤奏国の皇后の馬車を密かに追っていた。

そこに合流したアシナは、外交問題にならない馬車の止め方を皆に伝える。

アシナたちはまず、馬で赤奏国の馬車を囲んだ。

赤奏国の武官たちはすぐに剣を抜き、傭兵たちを威嚇する。

「こちらは赤奏国の皇后陛下の馬車である！　下がれ！　この指示に従わない場合は敵と見なす！」

武官の進勇は勇ましい声を上げる。

アシナは馬車と一定の距離を保ち続け、敵意がないことを示した。

「赤奏国の方々、どうか我々にご協力いただきたい！　このままでは危険です！」

親切心から馬車を止めたいのだと主張したら、進勇は警戒しつつも剣を下ろす。

「……詳しい話を聞かせてください」

進勇は、まだ信じたわけではないという眼をアシナに向けた。

アシナは焦っているような表情を見せながら、嘘をすらすらと述べる。

「その馬車の中にサソリという生きものが入りこんでいるかもしれません。今すぐ馬車を止めて、すべてを点検した方がいいと思います」

「蠍だと……!?」

どの国にも危険な生物は存在している。

叉羅国で恐れなければならない生物の一つが『蠍』だ。鍵状の尻尾に毒があり、刺されれば命を奪われることもある。

「私の部下が馬車の整備をしている最中にサソリを見かけ、退治しようとしたのですが、逃げられてしまいました。近くで保管されていた馬車をすべて確認していたところ、赤奏国の皇后陛下の馬車が警告前に出発してしまったため、こうして急いで追いかけてきたんです……！」

アシナは堂々と「皇后陛下になにかあったら大変ですから」と言いきる。

（武官たちは嘘だと決めつけられない。サーラ国にサソリが生息している話を知っているからな。必ず馬車を止めて確認する）

アシナたちは手伝うと言って馬車の中に乗りこみ、座っている人物が誰なのかを確かめるつもりだった。中に誰もいなかったら、運びこまれた木箱の中身も確認する予定である。

「馬車を止めろ！　蠍がいるかもしれない！　気をつけながら確認しろ！」

「我々もお手伝いします！」

アシナは当たり前の顔をして手伝いを申し出る。

「シンユウ殿、馬車の中には皇后陛下がいらっしゃるでしょうから、そちらの確認はお任せします。我々は馬や馬車の下の確認を担当しますね」

「あ……、ああ、助かります！」

進勇はわかりやすくほっとしていた。

アシナは部下に馬と馬車の下の確認を命じたあと、進勇に探りを入れる。

「皇后陛下は城下町の見物をしに行くところだったんですか？」

「……そうです」

これは皇后用の馬車だ。皇后が中にいなければおかしい。

アシナはなにもわかっていないというふりを続ける。

「せっかくの見物なのに、大変なことになりましたね」

アシナは心配そうな顔をしながら、襟を直す仕草を部下に見せる。

これは「予定通りにやれ」という合図だ。

「っ、黒い虫が馬車の中に！」

馬車の扉の下を見ていた傭兵が突然叫び、立ち上がる。

全員が驚く中、傭兵はためらうことなく馬車の扉を開けた。

「失礼します！　避難を！」

——蠍が馬車の中に入ったかもしれないという演技をしろ。命に関わる緊急事態だから、扉を開けて手を貸そうとするのは当然のことだ。

アシナの命令を見事にやりとげた傭兵は馬車の中を見て……町娘の姿をしている皇后に驚きながらも、まだ木箱の中身の確認もあるぞと気を引きしめる。

（馬車の中に皇后はいないという話だったが……。とりあえず皇后を外に出そう）

皇后の莉杏は蠍騒動を馬車の中から聞いていたようで、悲鳴を上げながら差し出された手を摑んできた。

傭兵は急いで彼女を抱き上げて馬車の外に出し、それから馬車の中に乗りこむ。

(木箱だ!)

おそらくこの中にカシラム王子がいるのだろう。

蠍を捕まえるためという演技を続けながら、木箱を勢いよく開けた。

「ここか!?」

大きな声を上げながら中を覗き……驚いてしまう。

——なにも入っていない!?

いや、まだだと自分に言い聞かせる。

馬車の座席の下は、荷物を入れられるようになっているはずだ。蠍を捜すふりをしている今なら、あちこちを触っても不自然ではないだろう。

「くそ、どこにいるんだ!?」

座席をもち上げれば、たしかに荷物が入れられるようになっていた。

しかし、そこには荷物がしっかり入っていて、子どもが入れるような空間はない。向かい側の席も同じだ。

「蠍をまだ捕まえられないのか!?」

アシナからの『カシラム王子を捕まえられないのか？』という意味がこめられた言葉に、傭兵は動揺しつつも事実だけをくちにした。

「見つかりませんでした……」

アシナは部下の言葉に驚いたあと、自分も馬車の中を覗きこんでみる。

しかし、開け放たれた木箱の中にも、座席の下にも、カシラムはいなかった。

「……一度、すべての荷物を外に出しましょう。手伝います」

アシナは馬車から離れ、この状況を整理し直す。

皇后は馬車の中にいないという報告があったのに、なぜかいた。

木箱に入っているはずのカシラムは、なぜかいない。

（一体なにが……。いや、おかしいところは他にもある）

アシナは視線を莉杏に向ける。

「皇后陛下、そのお姿は……」

皇后らしくない質素な衣装は、町娘の仮装だと言われたら納得できそうだった。

皺が服についていないかを何度も確認していた莉杏は、ぱっと顔を上げて恥ずかしそうにする。

「馬車の中からではなく、実際に街を歩いてみたくて……。その、わたくしがこのような姿で外に出たことを内緒にしておいてくださいね。海成に馬車の中から城下町を見るだけですという伝言を残して勝手に出てきてしまったので……。海成に知られたらはしたないと怒られてしまいます」

アシナは莉杏の話に、そういうことかとため息をつきたくなった。

「わかりました。内緒にしておきますね」

笑顔でそんな約束をしながら、勘違いしてしまったことを反省する。

皇后『莉杏』は、城下町で普通の娘のように遊びたいと思っていた。しかし、身分とか警護とかの都合で、文官の海成からそれは駄目だと言われていたのだろう。

（私がカイセイと立ち話をしている間に町娘の服へ着替え、木箱の中に入ってこっそり出かけることにした……ということか）

武官がバシュルク国の傭兵に馬車の中を確認されたくないと思ったのは当然だ。みすぼらしい格好をしている皇后を見せるわけにはいかなかったのだろう。

アシナは使わないと思っていた合図を部下に出す。

それを見た部下は、すぐに「あっ！」という声を出した。

「蠍はいませんでしたが、毒をもたない蜘蛛がいたので、追い払っておきました」

荷物の確認の結果、蠍は紛れこんでいなかった。

馬車の中に入りこんだのはただの蜘蛛だった。

これで蠍騒動は一段落する。

「何事もなくてよかったですね」

アシナは善意しかありませんという顔をしておいた。

莉杏はアシナに礼を言ったあと、笑顔で馬車に乗りこむ。

（皇后陛下たちには申し訳ないことをしてしまったな。急いで王宮に戻ろう。……うん？馬車の音？）

馬車が一台近づいてきている。かなり急いでいるようだ。

アシナは莉杏たちに注意を促そうとしたのだけれど、その前に進勇が「あっ！」と叫んだ。

「皇后陛下、海成殿です……！」

進勇は、遠くから駆けつけてくる馬車の正体に気づいたらしい。進勇にとって見覚えがありすぎる馬車だったからだろう。

「まぁ……！　どうしましょう……！」

莉杏のおろおろした声が馬車の中から聞こえてきた。

アシナは申し訳ない気持ちになる。自分たちが皇后を引き止めなければ、皇后の城下町見物は多少成功したはずだ。

「皇后陛下！　城下町見物をなさるときは俺もつきそうと言いましたよね！」

追いついた海成は、町娘の服を着ている莉杏の姿に驚き、いけませんと叱り始める。

責任を感じたアシナは、まあまあと海成をなだめた。

そうしているうちに、アシナたちは周りに迷惑をかけていたらしい。

「あの……すみません。そろそろ通してもらってもいいでしょうか……？」

馬車や馬で道を塞いでいたため、王宮方向からやってきた商人の馬車が通れなくなっていた。

海成やアシナは自分たちの馬車や馬を道の端に移動させ、商人の馬車が通れるようにしてやる。

「皇后陛下、よろしければ私たちも街歩きにつきそいましょう」

アシナは罪滅ぼしも兼ねて、莉杏が少しだけでも街歩きできるように援護した。

海成に叱られていた莉杏は、ぱっと笑顔になる。

「まぁ、本当ですか⁉　海成、バシュルク国の傭兵がいるのなら、街を少しだけ歩いてもいいでしょう？」

賢い皇后ではあるけれど、まだ幼い。遠くから城下町を見るだけというのはつまらないだろう。

アシナは念のためにイルをここへ連れてこなかったけれど、イルにも皇后にも悪いことをしてしまったな……と思ってしまった。

赤奏国の皇后の馬車の横を通っていった商人の馬車の中に、カシラムは乗っていた。

この馬車はラーナシュの屋敷の前で止まり、商人の男は頼まれていた荷物をもってきたというふりをしながら、木箱を屋敷の中に運びこんでくれる。

ラーナシュの屋敷に戻ってきたカシラムは、ようやくほっとできた。

（赤奏国の皇后は凄い……！　カイセイの馬車の中を疑う人は誰もいなかったし、商人の馬車に乗り換えるときもまったく警戒されなかった……！）

莉杏は、バシュルク国の傭兵たちの包囲網を、自身を囮にしてあっさり突破させてくれた。

これでカシラムは誰にも警戒されずに遠くへ行けるようになる。

（いつか恩返しをしないと）

赤奏国の皇后にも、バシュルク国の傭兵イルにも、どこかで必ず。

そんなことを考えていたら、部屋の扉が勢いよく開いた。

カシラムは、この屋敷にこんなことをする人がいたなんてと驚いたけれど、聞こえてきたのは少女の高い声だ。

「ねぇ、ちょっと！」

ルディーナが勢いよく入ってきただけだとわかったカシラムはほっとする。

しかし、すぐに王女が王宮から出てもいいのだろうかと焦った。

「王女殿下、小声で頼む」

ルディーナのうしろにいたのはラーナシュだ。どうやらルディーナはきちんと頼りになる大人と行動を共にしていたらしい。

「ソウシュウの家が大変なことになっているから、貴方だけ先に帰るって聞いたわ」

どうやらルディーナの目的はカシラムだったようだ。

莉杏がお別れになることを嘘を交えつつこっそり教えたのだろう。

「……はい。お先に失礼します」

「そうね、貴方なら……またサーラ国へ遊びにきてもいいわよ。わたしの客人にしてあげる。わたしを助けてくれたし、しかたなくだけれど」

ルディーナの精いっぱいの別れの言葉に、カシラムは微笑んだ。

叉羅国内を旅したルディーナは変わった。人を気遣うことを覚え、異国人を受け入れようとしている。

「赤奏国人とムラッカ国人の間に生まれたみたいだし、それで後継(こうけい)問題が大変だっていうのは私にもわかるわ。殺されないように気をつけなさい」

叉羅国内は二重王朝制度によって、血で血を洗うような争いが続いていた。

　そんな国で生まれ育ったルディーナは、カシラムの家が大変だと聞いて、家を継ぐ者同士で殺し合いをすると思ったらしい。

（間違っていないよ、それは）

　カシラムの気持ちを一番理解できるのは、きっとルディーナだろう。

「ルディーナ王女殿下は……、身内に殺されそうになったらどうしますか？　急いで逃げますか？　それとも隠れますか？」

　自分と同じ境遇のルディーナは、同じ状況になったらどうするのだろうか。

　カシラムはどきどきしながらルディーナの答えを待つ。

「当たり前のことを聞かないでよ。殺される前に殺すわ」

　カシラムとラーナシュは、思わず顔を見合わせてしまった。

　そのあと、ラーナシュは苦笑する。そういう国だからな、と諦めが入っている言葉をくちにした。

「殺してしまうんですか？」

「ええ。だってそういう人は迷惑だもの。家族や国に不幸をどんどんもちこむわ。さっさと殺した方がみんなのためよ」

　ルディーナのサーラ国らしい考え方に、カシラムも笑ってしまった。

「そうですね。みんなのためになります」

「ええ。貴方はちょっと賢いみたいだし、きっと殺される前に殺すこともできるわよ」

カシラムは、王子の紋様がついている手の甲をぐっと押さえる。

「……本当にできますか？」

「それはわからないわ。私はできそうって思っただけ。……でも、ソウシュウなら弟を助けるでしょうし、だったらできるんじゃない？」

嘘の設定をまだ信じているルディーナは、ふんと鼻を鳴らす。

「わたしもちょっとぐらいは助けてもいいし。皇后さまもそうするわ。イルだって」

ラーナシュはその通りだと頷いたあと、ルディーナの言葉に微笑んだ。

「俺も力を貸そう。ルディーナ王女殿下を守ってくれて本当に感謝している」

カシラムは、赤奏国の皇后、バシュルク国の傭兵、叉羅国の王女と司祭……みんなのおかげで生き延びることができた。そして、新たな道に進もうとしている。

「一人ではできなくても、助けてもらえるならできることってあるんですね」

——誰かを助ける。

——誰かに助けてもらう。

カシラムはずっと一人だと思っていたけれど、一人ではなかった。

助けを求めている人はいくらでもいるし、助けてくれる人もいる。

（皇后陛下、イル、ソウシュウ、ラーナシュ司祭……僕に色々な可能性を見せてくれてあ

りがとう。迷う時間をくれてありがとう）

カシラムはこれからのことを散々悩んだ。だからこそ出せた答えだろう。

「……王女殿下、司祭さま。どうか僕に力を貸してください」

カシラムは、どうするかではなくどうしたいのかをようやく決めた。

「まずは味方を増やそうと思います。僕はそこから始めないといけません」

カシラムは顔を隠していた外套を潔く脱ぐ。もうこれはいらない。自分の進むべき道は定まった。

「ルディーナ王女」

別れの挨拶にきてくれたルディーナに、本当の自分で向き合う。

「改めてご挨拶を。僕はムラッカ国の第九王子カシラム・シーカンリークです。王女と旅をしながら見識を深めて友情を育めたことを、光栄に思っています」

カシラムは右手を左胸に当てた。

すると、手の甲にある王子の紋様がはっきり見えるようになる。

「……え？」

ラーナシュはカシラムの正体を知っていたけれど、ルディーナはずっと双秋の弟だと信じていた。いきなり王子ですと言われても、すぐには理解できない。

「王子……？」

ラーナシュはルディーナにそっと手を伸ばす。

そして、ルディーナが息を吸うのと同時にそのくちをぱっとふさぎ、大きな悲鳴が響くのを見事に押さえた。


ムラッカ国は、会談が上手くいかなかったときに責任を押しつける相手――……万が一のときの代役であった第九王子カシラムを捜し出さなければならなかった。

しかし、逃げ出した少年を異国の地で見つけるのはとても難しい。

叉羅国とバシュルク国は捜査に協力してくれたけれど、結局カシラムは見つけられなかった。おそらく、もう叉羅国を脱出したのだろう。

「異国人狩りをするからだ……！　サーラ国の野蛮人どもめ！」

ヒズールは怒りに任せ、果物の皿をひっくり返す。

床に転がった果物がなんとなく気に入らなくて、足で何度もそれらを踏み潰した。

「くそ！」

会談は今日の昼で終わってしまう。

結局、バシュルク国はこちらの要求に応じず、第二回の会談を希望してきた。

仲裁役の赤奏国は、何度も歩みよろうと声をかけてきたけれど、こちらは充分歩みよったあとだ。バシュルク国の使節団の連中を殺さなかったのがその証拠である。なぜそれがわからないのだろうか。

「ヒズール王子殿下、そろそろお時間です」

世話役のアミードが声をかけてきた。そして、足下を見るなり眼を見開く。

「王子殿下！　そのままでは廊下を汚してしまいます……！」

果物の汁で濡れた靴を見て、アミードは使用人へ新しい靴をもってくるように命じた。

「ここはサーラ国の王宮だ。汚してなにが悪い」

「今から会談です。どうか……！」

苛立ったヒズールは、アミードに向けて足を振り、靴を飛ばしてやる。靴はアミードに当たり、服を汚してくれたけれど、それでもすっきりしなかった。

「早くしろ」

「……はっ！」

アミードは控えていた使用人に、王子と共に会談の場所へ行くように命じる。

「私は着替えてから行く」

「わかりました」

使用人はアミードに同情のまなざしを送ってきた。

アミードはそれにため息をついて応える。

「……ふん」

部屋から出ていくヒズールを見送ったアミードは、表情をがらりと変える。

そして、こうやって好き勝手できるのもあと少しだけだ、と自分に言い聞かせた。

ムラッカ国とバシュルク国の第一回の会談は、最後まで結論が出なかった。

唯一(ゆいいつ)の進展は、第二回の会談のときには新しい案を互いにもってくるという約束ができたことだろう。

赤奏国が約束の書面をつくり、バシュルク国とムラッカ国に渡して確認させる。

三カ国がそれに署名をしたら、その時点で約束の書面は効力をもつ。

——赤奏国は仲裁役を任されたけれど、いい働きはできなかった。

第二回の会談が開かれるというのは、そういうことだ。

「それでは、互いに署名を確認してください」

赤奏国、バシュルク国、ムラッカ国はそれぞれ文書を確認し、問題がないことを告げる。

ろう。

「第二回の会談の日程は、改めて決定しましょう。皆さん、お疲れさまでした」

莉杏は会談終了の挨拶をした。

このあと、三カ国は国に戻り、次はどのような条件で戦うのかを話し合うことになるだろう。

「……ん？」

そのとき、叉羅国の兵士が部屋に入ってきた。そして、もてなし役のラーナシュの耳元でなにかを囁く。

ラーナシュは嬉しそうな顔をしたあと、兵士に頷いた。

「ヒズール王子殿、いい知らせがある」

ラーナシュはヒズールに笑顔を向け、『いい知らせ』をくちにした。

「カシラム・シーカンリーク王子殿が見つかった。今ここに連れてくる。帰国する前に再会できて本当によかったな」

「……カシラムが⁉　本当か⁉」

ヒズールは『いい知らせ』に喜んだ。

このままでは、ムラッカ国王へ任務に失敗したという報告をしなければならなくなる。

しかし、その責任を押しつけられる相手ができたのだ。

「ラーナシュ司祭さま、お連れしました」

「ああ、入ってくれ」

兵士たちが第九王子カシラムと共に入ってきた。

ヒズールたちは『異国人狩りのときに行方不明になってしまった可愛い弟を捜している』という形を取っていたので、この場でカシラムに手枷をつけることはできない。

ヒズールは少々引きつった笑顔をカシラムに向ける。

「カシラム、無事でよかった。さぁ、部屋でゆっくりしようじゃないか」

──部屋に戻ったら縛り、絶対に逃げられないようにするからな。

ヒズールは眼でカシラムを脅す。

カシラムは諦めたようにうつむくはずだったけれど、なぜかくちを開いた。

「部屋でゆっくり？　そんな場合ではないでしょう。会談が失敗に終わったんですよ」

ヒズールは、カシラムから挑むように見つめられた。予想していなかった反応だったので驚いてしまう。

「あ、いや……」

周りの眼を一応気にしなくてはならないヒズールは、カシラムにどう答えたらいいのかわからなかった。

「これはヒズール兄上の失態です。国王陛下から託された任務を果たせなかった責任をどう取ればいいのか、わかりますよね？」

カシラムはなぜかヒズールを責めてくる。

ヒズールはそれに動揺し、声を荒らげた。

「違う！　これはお前の責任だ！」

カシラムはため息をついたあと、アミードがもっている書面に眼を向ける。

「貴方の名前が書いてあります。会談失敗は貴方の責任ですよ、ヒズール兄上」

これがある限り、ヒズールは責任をカシラムに押しつけることができない。

カシラムからの指摘にヒズールはかっとなり、カシラムを殴ろうとした。

――しかし、そのヒズールの腕を摑み、止めた者がいる。

「おい！　手を離せ！」

ヒズールの動きを止めたのはムラッカ国の兵士だ。これまでずっとヒズールを護衛していた者だった。

彼はちらりとカシラムを見る。カシラムはそれに頷いた。

「このままヒズール兄上を拘束してください。ここからは、僕がムラッカ国の使節団の責任者です」

突然現れたムラッカ国の第九王子が、突然この場を仕切り始めたら、普通は誰かが止めるだろう。

――しかし、誰も止めなかった。

赤奏国も、叉羅国も、バシュルク国も、黙って見ているだけだ。困惑（こんわく）すらしない。

そして――……アミードも、護衛の兵士たちも、今までずっとヒズールの命令に従ってきた者たちさえも、カシラムの命令をすんなり受け入れた。

「アミード！　どういうことだ⁉」

ヒズールがアミードに向かって叫べば、アミードは冷ややかな視線をヒズールに向ける。

「私は会談の責任者にお仕えするだけです」

「なんだと⁉　お前の主君は私のはずだ！」

「いいえ。カシラム王子殿下です。……貴方には王位継承権争いを勝ち抜く力がありません。負け犬になる王子に仕える気は、我々にないのです」

ヒズールの部下たちは、最初こそはどんな手を使ってでもこの会談を成功させようとしていただろう。会談を成功させれば、ヒズールは王座に近づけるからだ。

しかしヒズールは、味方に毒を飲ませるという最悪の手段を使っても、成功という結果を出せなかった。部下たちはついにヒズールを見限って、密（ひそ）かに次の主君を探し始めていたのだ。

――そんなときに現れたのが第九王子カシラムである。

どうやって生き延びたのか、どうやって味方を増やしたのかはわからないけれど、叉羅国のラーナシュ司祭、バシュルク国のテュラ軍事顧問官、赤奏国の皇后の三人を味方につけたカシラムは、アミードを呼び出した。

——ヒズール兄上に未来はない。これからは僕につけ。

アミードは、王位継承権争いに積極的ではなかった第九王子の変化に驚きながらも、納得もしていた。

この王子は、牙を研ぎながら兄の失態を待っていたのだろう。ムラッカ国の王子ならば、それぐらいのことはできて当然だ。

「ムラッカ国内の話でこの場をお騒がせして申し訳ありません。僕は第九王子のカシラム・シーカンリークです。次回の会談で改めてお会いできるのを楽しみにしています」

カシラムは自らアシナに手を伸ばす。

アシナは、皆の前でバシュルク国式の挨拶をしようとするカシラムに驚いた。

「……軍事顧問官のアシナリシュ・テュラです。次こそはいい話し合いにしましょう」

そして、アシナもカシラムに歩みよる気持ちがあることを示すため、その手を握る。

「できれば次の会談の日程を決めておきたいのですが、よろしいでしょうか」

カシラムは、次の会談の責任者は自分だという表情で話を進める。

莉杏はそれを肯定するかのように真っ先に頷いた。

「はい。わたくしもそれを望んでいます」

ここでカシラムが次回の日程を決めることができたら、『万が一の代役であった第九王子は、ヒズールの後始末をすぐに始めた有能な人物』という印象をムラッカ国王に与えることができるだろう。

「待て！　私がこの会談の責任者だ！　お前は王位継承権争いに負けて逃げ出した臆病者じゃないか！　なにをしている！　早くそいつを捕えろ！」

ヒズールはしばらく呆然としていたけれど、ようやく我に返ったようだ。慌てて周りにいる兵士へ叫び出す。

しかし、その声に従う者は誰もいない。

「……ヒズール兄上を捕えるように」

兵士たちはカシラムの命令に従い、ヒズールの腕を引いた。

「やめろ！　なにをする！　私は王子だぞ！」

ヒズールの叫び声が段々と小さくなる。

カシラムはこの部屋に入ってきてからずっと落ち着いているように見えたけれど、握った拳が白くなるほど手に力を入れていた。

(カシラム王子はこれから、この選択が正しかったのかどうかを何度も自分に問いかけていくことになる)

莉杏はかつての自分を思い出す。だからこそ、カシラムになにも言えない。その答えは未来のカシラムが出すしかないのだ。

「……挨拶が遅れましたね。わたくしは赤奏国の皇后です」

莉杏はカシラムに皇后として挨拶をする。

——莉杏とカシラムは、ここで初めて知り合った。

カシラムは設定通りに動く莉杏にさすがだと思いながら、右手を左胸に当てて王子の紋様を見せ、頭を下げた。

「改めまして、僕はムラッカ国の第九王子カシラム・シーカンリークです。赤奏国の皇后陛下のご高名はムラッカ国まで届いております。お目にかかれて光栄です」

「わたくしもムラッカ国の未来を担う方とお話しできて嬉しいですわ」

そして莉杏は、まず叉羅国の司祭ラーナシュに眼を向けた。

「こちらが叉羅国のラーナシュ司祭です」

「初めまして、カシラム王子殿」

ラーナシュもまた、莉杏と同じように初めましての関係を演じる。

（……カシラム、わたくしたちは貴方を応援しています）

カシラムは国から逃げるのではなく、国に戻って戦う道を選んだ。

それはきっと、苦しくて長い戦いになるだろう。

（でも、貴方を助けてくれる人はこんなにもいる）

カシラムがいるムラッカ国ならば手を取り合えるかもしれない。

そんな期待をして手を貸した人たちがこれだけいるという事実は、きっとカシラムを支えてくれるはずだ。

カシラム王子は赤奏国(せきそうこく)に保護されて双秋(そうしゅう)の弟のふりをしていた……という話を、そのまま公開するわけにはいかない。

海成(かいせい)はこれまでの出来事に合わせ、『真実』をつくった。

カシラム王子は叉羅国(サーラこく)に入ったあと、ヒズール王子に命を狙(ねら)われてしまったので逃げることにした。

赤奏国の使節団は、逃げ出したカシラム王子を見かけていた。

イルは莉杏(りあん)と双秋の会話の中で出てきた『カシラム』という名前を聞いていた。だからアシナからカシラム王子の情報を求められたとき、どこかで聞いた気がするという反応になったのだ。

最終的に、叉羅国の兵士がカシラム王子を見つけ出し、保護した。

真実をつくってもらった莉杏は、カシラム、ラーナシュ、イル、ルディーナと共有し、なにかあったときにはすぐに相談するという取り決めをする。

それらのことが終われば、あとは帰るだけだ。

莉杏はルディーナからのお別れの贈りものである花の首飾りの匂いを楽しみながら、皆の支度を見守る。

「カシラム王子殿下が次の会談の責任者になったら、次は普通の手強い話し合いになりそうですね」

海成は皇帝に提出する報告書の確認を莉杏に求めながら、そんなことを言った。

「わたくしたちは歩みよる気のない責任者よりも、歩みよる気のある手強い責任者を求めました。その選択が正しかったのかは、これからのわたくしたちの努力次第でしょう」

カシラムが大きな選択をしたのと同時に、莉杏たちも選択している。

莉杏は赤奏国の皇后だ。バシュルク国や叉羅国とは違う思惑をもつ。

隣国の穏健派の王子が力をもってくれたら、赤奏国の助けになるだろう。

「海成、次の会談でもまたわたくしを手伝ってくださいね」

莉杏が報告書を返しながら頼めば、海成は穏やかに微笑む。

「勿論です。次こそは和平条約を結ばせますよ。ご確認ありがとうございました。皇后陛下はそろそろお休みになってください。疲れたでしょう」

「ではお先に失礼しますね」

莉杏は寝室に入り、大きな寝台にもぐりこむ。

（明日は午前のうちに叉羅国の皆さんへ挨拶をする。何事もなければお昼には出発する。……初めての外交でたくさんのことがあったけれど、あっという間だったわ）

他の国からは、会談を上手くまとめられなかったように見えるかもしれない。けれども、莉杏たちは大きな木になるかもしれない種をまけたのだ。

（イルのおかげでバシュルク国との繋がりをつくれたし、バシュルク国との交換留学の話も出てきた。叉羅国のルディーナ王女と仲よくなれた。……小さな種がいっぱいわたくしの手の中にある）

暁月はこの小さな種を必ず喜んでくれるし、あんたがまけよと任せてくれるかもしれないし、一緒に成長を見守ってくれるし、花が咲いたら一緒に喜んでくれる。

「陛下に早く逢いたい……」

莉杏は暁月に会えない寂しさをずっと感じていたけれど、仕事に集中することで見て見ぬふりを続けていた。でも、それもついに終わりだ。

明日からは好きなだけ寂しがれるし、会えることにそわそわしてもいいだろう。

「……ということで、会議を始めます」

莉杏が寝室に入ってからしばらくしたあと、海成と進勇は真面目な顔で文官と武官と女官をできる限り集めた。

莉杏がうっかり起きたとしても、この集まりに気づかれないようにしたいので、部屋の中の灯(あか)りは蝋燭(ろうそく)一本のみだ。

どう見ても密談の光景である。

「会談は終わりました……が」

海成の言葉に、皆が息を呑(の)む。

「……そうです。我々は叉羅国の騒動に巻きこまれ、会談も予定通りに進まず、必要最低限のこと以外をする余裕なんて一切(いっさい)ありませんでした」

海成が静かにため息をつく。

皆もその通りだと頷いた。

「例の極秘(ごくひ)計画を今から急いで進めるべきですが、皇后陛下をお連れしながら各地を回るのは危険です。皇后陛下はとても聡(さと)い方なので、我々の計画に気づいてしまうでしょう。皇后陛下には別のところへ視察をしに行ってもらった方が……」

「しかし、皇后陛下の警護も大事です。効率を考えると別行動すべきですが、皇后陛下をお守りする人員をあまり減らすわけにも……」

海成と進勇は、効率と警護が両立するぎりぎりのところを探ろうとする。

「……うーん、ならば一気に手分けしても大丈夫(だいじょうぶ)なように、俺がなにかの事情をつくろう。ここはサーラ国だ。任せておけ」

頼もしいことを言ってくれたのはラーナシュだ。

海成と進勇は「ありがとうございます……！」と言おうとし、眼を見開いた。

「あっ！」

「なん……ッ！」

どちらも叫びそうになりつつも、慌ててくちを閉じたり自分の手で押さえたりして、大声を出して莉杏を起こすという最悪の事態を回避する。

「どうしてラーナシュ司祭さまがいらっしゃるんですか……!?　いつから……!?」

蝋燭一本の灯りしかないため、ラーナシュがいつからこの密談に参加していたのか、海成はさっぱりわからなかった。

進勇は「警備は完璧だったのに……！」と衝撃を受けている。

「ソウシュウがどうぞと言って部屋に入れてくれたぞ。『会談は終わりました』のところから参加していた」

「最初からじゃないですか……」

海成が小さな呻き声を上げる横で、進勇が双秋を叱った。

「なにを考えているんだ……！　これは大事な話なんだぞ！」

しかし、双秋はへらへら笑う。

「いやぁ、でも、花の種をもち帰る許可は、ラーナシュ司祭さまを通じて取ってもらったじゃないですか。それで、けっこう前にどうしてなのかを聞かれて、こういう事情があるから皇后陛下には秘密にしてくださいねと俺が口止めしてたんですよ～」

「そうだぞ。種の用意ができたという話をちょうどしにきたところだった。俺抜きでこんなに楽しい話を進めるなんて、あれだ、えーっと、みず……が臭い？　だったか？」

ラーナシュがにこにこと笑うので、海成は色々なことを諦めてラーナシュを巻きこむことにした。

「それは『水くさい』ですね。……こうなったからには、協力していただきますよ」

「ああ、任せておけ！」

ラーナシュはいつもの調子で朗らかな声を出す。

双秋は慌てて「声を小さくしてください！」と頼んだ。

暁月は夜な夜な寒さと戦っていた。

この寒い時季に一人で寝台に入ると、なかなか寝床が温まらないのだ。

「優秀な湯婆がいないとこうなるのか……」

しかたなく上着を追加して寝ることにする。

莉杏がいなくて寂しいと思うことはないけれど、こうやって夜になると莉杏がいないことを思い知らされてしまった。

「早く帰ってこいって言葉は、まだ言わないからな」

それは惚れてからのお楽しみだ。

今は莉杏がいないうちにやっておきたいことがたくさんあるし、ちょっと遅れて帰ってきてくれた方がありがたいぐらいである。

海成と進勇がいるから、双秋のようにへらへら笑いながら「忙しくて例の頼まれものはちょっと無理でした〜」で終わることはないはずだ。

（白楼国に行かせたやつも、港蔵国に行ったやつも戻ってきた。準備は順調だ）

借りをつくりたくはないけれど、白楼国の皇帝『珀陽』をこの計画に誘えば、莉杏と仲がいい晧茉莉花にも話が行く。あの女は律儀なので、計画に参加したいと必ず言い出す。

そして、暁月の読み通り、白楼国からの贈りものには気遣いの上手い茉莉花の配慮が入っていた。季節ごとに違うものが楽しめるようにと、四つも選んでくれたのだ。

港蔵国には断られるつもりで一応声をかけてみたのだけれど、思った以上に乗り気になってもらえたので、莉杏への贈りものの種類がまた増えた。

「……これがあいつの人徳ってやつか？」

十三歳なのにねぇ、と暁月は天井に向かってぼやく。

最初は身近な人間だけを誘っていたけれど、段々と規模が大きくなり、気がつけば他国を巻きこんだものになってしまっていた。

おかげさまで、暁月はあちこちへ個人的な手紙を何度も書くことになり、腕が痛い。お願いの手紙やお礼の手紙は、丁寧に書かなければならないのだ。

（本当に手間暇かかってるよな。だから、全力で喜んでくれよ）

暁月は眼を閉じ、帰ってきた莉杏が暁月の贈りものを見たときの姿を思い浮かべてみる。

——陛下！　ありがとうございます！

大きな瞳をきらきらと輝かせながら、まずは礼を言うだろう。

いや、その前に抱きついてくるかもしれない。

（そうそう、あんたはそれでいい）

暁月は、自己満足できる日がくるのを、ほんの少しだけ楽しみになっていた。

四問目

朝、莉杏の眼はぱちりと開いた。

窓から心地いい風が入ってきたので、窓の前に立って全身でその風を浴びる。

「いよいよこの王宮とお別れなのね」

冬でも暖かく、冬でも花が咲き誇る叉羅国の首都ハヌバッリ。

ときには雪も降る赤奏国の首都とは、なにもかもが違っていた。

「皇后陛下、お目覚めでしょうか」

莉杏が起きた気配に気づいたのだろう。女官の小さな声が扉の向こうから聞こえてくる。

「はい、おはようございます」

「おはようございます。朝の支度を始めさせていただきます」

女官たちが静かに入ってきた。

いつも通りの朝なのだけれど、女官たちの表情が少し硬い。

「ご報告がございます。……双秋さまの体調が悪くなり、お医者さまに診てもらうことになりました」

顔を洗うための水や手巾をもってきた女官たちは皆、心配そうな顔をしている。

莉杏は今すぐ双秋の様子を見に行きたくなったけれど、朝の支度が終わっていないことを思い出し、ぐっと我慢した。

「双秋の具合はどのぐらい悪いのですか？」

「起き上がれないご様子だと聞きました。うつりやすい病かもしれませんし、部屋を移して、そちらにお医者さまを呼んでいます。もう少しだけお待ちくださいね」

うつる病気だったら、莉杏は見舞いに行くことができないだろう。

診察結果が気になってそわそわしてしまうけれど、今は我慢しなければならない。

朝の支度が終わるころ、また別の女官がきてくれて、医者から聞いた話を教えてくれた。

「双秋さまは、叉羅国で流行っている病気にかかってしまったそうです。ラーナシュ司祭さまがその病気について説明しにきてくださることになりました」

莉杏の準備が整うと、ラーナシュが部屋に入ってくる。そのうしろには不安そうな顔をしている海成もいた。

「ソウシュウの病気はタビヤトゥというものだ」

ラーナシュはまず病名を教えてくれる。

「……タビヤトゥ。初めて聞く病気です」

「赤奏国にはない病気らしい。かかると頭痛と吐き気と熱と咳とめまいがするんだ。……待て。俺は今、幾つ言った？　欠けていないか？　頭痛と、吐き気と、熱と、咳と、めまい……」

ラーナシュは指を折っていき、数が足りないぞと首をかしげた。

「そうだ、腹痛を忘れていた。うん、腹痛もだ」

そして、これで全部だと重々しく頷く。

莉杏は、幾つもの症状に苦しんでいる双秋がもっと心配になってきた。

「命に関わる病気なのですか？」

「いいや、これは風邪のようなものだ。薬があれば長引くことなくすぐによくなる」

「風邪……！　少しだけ安心できました……！」

莉杏は、治らないと言われたらどうしようかとはらはらしていた。

ラーナシュの説明によれば、薬があればすぐによくなるみたいだし、なくてもゆっくり休めば回復していくのだろう。

「お薬は手に入りそうですか？」

できれば早く治してあげたい、と莉杏はラーナシュを見上げる。

けれども、ラーナシュは申し訳なさそうにうつむいてしまった。

「それが……ちょっと前にサーラ国で流行っていたから、薬を切らしてしまっている。まずは材料を探しにいく必要があるんだ」

「材料……」

ラーナシュは、筆記具を貸してくれと言って海成に手を差し出す。

「まずはターゲスの種。これは北部にしかない。王宮内にターゲスは咲いているんだが、長く咲かせるために枯れてきたものは摘んでいるんだ。だから種が採れない。北部の比較的寒いところに行けば、枯れて種が取れるようになったターゲスも見つかるだろう」

「はい！」

「それからキオシスタという植物の根と、月の光を浴びたテトラプテラの種だ。これらがないと薬がつくれない」

莉杏にわかるのはターゲスだけである。あとで念のために絵を描いてもらった方がいいだろう。

「わかりました。手分けして探します！」

「ああ、俺も協力しよう」

双秋が会談終了後に病気になったのは、不幸中の幸いだ。今なら双秋のためにみんなが全力を尽くせる。

「タビヤトゥという病気はうつりますか？」

「そこは気にしなくていいぞ」

「なら、双秋の具合によってはお見舞いに行けますね。まだそっとしておいた方がいいでしょうか……？」

頭痛と吐き気と熱と咳とめまいと腹痛に襲われているのであれば、会話も大変だろう。病人に負担をかけるべきではない。

「そうだな。タビドゥヤがもう少しよくなってからの方が……」

ラーナシュは気の毒だという顔をしたのだけれど、海成がさっと訂正を入れた。

「……司祭さま、タビヤトゥです」

「ああ、そうだった。タビヤトゥだ」

ラーナシュは莉杏の肩に手を置く。

「皇后殿、テトラプテラの場所なら俺が案内できる。一緒に行こう！」

「はい！」

双秋を早く助けてあげたい莉杏は、迷わず決断した。

海成はというと、ラーナシュの背中に隠れながら「ひどい芝居だ……」と心の中でそっと呟いていた。

赤奏国の使節団は昼に出発することになっていたけれど、予定変更になった。護衛の武官の一人が病気になってしまったために、もう少しだけ滞在することにしたのだ。

「では、僕らは先に出発しますね」

「はい。貴方の未来が幸せに満ちたものであるよう祈っています」

莉杏は、ムラッカ国に帰るカシラムを見送る。

ムラッカ国の一行の中に、碧玲も混じっていた。

ムラッカ国の使節団の帰り道の途中に、ターゲスの種が採れそうなところがあるので、途中まで同行することになったのだ。

「それでは皇后陛下、あとはお任せください。皇帝陛下に託された任務を……いえ、間違えました。申し訳ございません。皇后陛下に託された任務を必ず果たしてみせます！」

「よろしくお願いしますね」

碧玲も仲のいい双秋が倒れたことで動揺しているのだろう。皇后と皇帝を言い間違えてしまった。

「出発！」

カシラムの背中を押すような爽やかな風が吹き抜けていく。

莉杏はカシラムたちが見えなくなるまで、これからのことを祈り続けた。


カシラムは馬車の中で、この先のことを考えていた。

——これでよかったのだろうか。ムラッカ国王と上手く交渉できるだろうか。

覚悟を決めたはずなのに、未来への不安が迷いという形で現れる。

「…………」

カシラムは首を振り、嫌な予想をなんとか振り払う。うしろ向きになってもなにも変わらないと自分に言い聞かせ、悪い想像をしないように別のことで頭をいっぱいにしようとした。

「そうだ……」

出発前に双秋からの手紙を受け取っていた。

双秋は病気になったので最後の挨拶に行けなくなったらしく、代わりに手紙を書いてくれたということだったけれど……。

「あはは、すごい字だ」

赤奏国人の双秋とムラッカ国人のカシラムは、叉羅語で会話をしていた。互いに叉羅語が得意というわけではなかったけれど、手振り身振りも交ぜることで会話をなんとか成立させていたのだ。

しかし双秋は、喋るのはどうにかなっても、書くのはあまり得意ではなかったらしい。

カシラムは「読めるかな……?」と笑いつつ、文字を一つずつ拾っていく。

「病気で……挨拶ができなくて、すみません。なにかあったら、うちにどうぞ。……俺の上司は、……きっと貴方の力になる……し、……俺も愚痴ぐらいは聞けます」

双秋はとても優しい。

ただほんの少し一緒に旅をしただけなのに、「さよなら」で終わりにしなかった。

（ソウシュウ、皇后陛下、ルディーナ王女、イルとの旅は、僕にとって一生の思い出だ）

人の優しさと強さを知ることができた旅だった。

あの旅がなければ、今も自分のことを一番可哀想だと思っていただろう。誰かに優しくするために強くなりたいと思うことはなかっただろう。

「えっと……最後に……聞いてみたいことがあったんですけれど……」

カシラムはそこで言葉を止めてしまう。

——結局、王子さまは、皇后陛下とルディーナ王女殿下とイルのうち、誰が好きだったんですか？　今度、ぜひ教えてくださいね〜。

聞いてみたいことと書かれていたから、とても真面目な質問をされると思っていた。しかし、まさかの話題だ。

カシラムは大声で笑いたくなったけれど、なんとか耐える。

「皇后陛下とルディーナ王女とイルか……。でも、皇后陛下には夫がいるし、ルディーナ王女には婚約者がいてあと少しで結婚するし、イル相手だと遠すぎて会いに行くのも難しいよ」

命の危機が続いていたので、自分のことしか考えられなかったけれど、第三者から見たらあれはうらやましい状況だったのかもしれない。

穏やかで優しくてとても強い皇后。

第一印象は最悪のわがまま姫だけれど、気を許した相手には優しくなる王女。

元気がよくて素直で、一緒にいると明るい気持ちになれるイル。

素敵な女性ばかりだった、と今になって気づく。

「次はこういう話ができるぐらいの余裕をもてるようにならないとね」

そのためにも、国王との交渉に勝利しなければならない。

自分の全力を尽くそうと、今度は前向きな気持ちで思うことができた。


双秋のために薬の材料集めを始めた莉杏は、ラーナシュと共に材料の一つであるテトラプテラを採りに行くことになった。

莉杏は馬車の中で、ラーナシュからテトラプテラの説明をしてもらう。

「テトラプテラという花は、少し前まで咲いていたんだ。今ならちょうど種が採れる。ソウシュウは本当に運がいい」

「よかった……！」

「皇后殿の運がよければ、まだつぼみのものが一つや二つぐらいは残っているかもしれない。花が咲くところを見られるかもしれないぞ」

南に馬車を走らせていくと、昼すぎには目的の村に到着した。

この村はアルディティナ神とノルカウス神を信仰しているので、同じ神を崇めているヴァルマ家が神に祈る立派な祭壇をつくり、ときどき祈りにきているということだった。

「アルディティナ神は大地の女神。ノルカウス神は天空の神。天空から降りそそぐ月の光を浴びて大地で花咲くテトラプテラは、ヴァルマ家にとって大事な花だ」

テトラプテラという花がどんな色でどんな形なのか、莉杏は知らない。月の光を浴びて咲くのなら、白く輝く花のような気がする。

（どうか咲いていますように……！）

双秋の薬のために種を求めにきたのだけれど、もしまだ咲いている花があれば、双秋にもって帰りたいと頼んでみよう。

「さぁ、ここだ」

馬車を降りた先にあったのは、花があふれる村だった。

莉杏はくちを大きく開けたあと、慌てて閉じる。代わりに、眼を大きくしておいた。

（うわぁ……！　すごい……！）

王宮に初めて入ったときも驚いたけれど、ここにも驚かされてしまった。

——ありとあらゆるところに、色とりどりの花が咲いている。

それはあまりにも美しい光景だった。仙女が暮らす村だと言われたら、莉杏は信じてしまうだろう。

「ここは花を育て、花を売っている村だ。そこの小川の水は山から流れてきたものなんだが、澄んだ水が花を育てるのに適しているらしい。常に陰になる山の北側で太陽を嫌う花を育て、一日の半分は明るい南側で太陽を好む花を育てているんだ」

ラーナシュは興奮して頬を赤くしている莉杏を見て、連れてきてよかったと満足した。

「そういえば、皇后殿は茘枝の木の世話をしていたな。花も好きか？」

「はい！」

莉杏は大きく頷く。

茘枝の木の世話を任されたことで、なにかを育てるのはとても大変だということを知った。この花の村はとても美しいけれど、多くの苦労と努力が土の中に隠されているだろう。

（虫がつかないように虫よけの汁を塗ったり、追い払ったり、雑草を取ったり、小さな実を摘んで残したものを大きくしたり……）

空や土を見ながら花を守り育てる人たちも、しっかり見ておこう。

「こっちだ。祭壇の周りにテトラプテラがある」

村の人たちはラーナシュの顔を知っているらしく、笑顔で頭を下げていた。

しかし、明らかに異国人だとわかる莉杏たちには鋭い視線が向けられてしまったので、ラーナシュは「俺の客人だ」と言い、歓迎してほしいことを伝えてくれる。

「あの祭壇だ。俺は祈りを捧げて皇后殿を客人として紹介してくるから、ここで待っていてくれ」

「わかりました」

村の奥にある花に囲まれた場所。その手前でラーナシュは立ち止まり、跪いた。

（アルディティナ神、ノルカウス神。このような素晴らしい花園にわたくしたちを招いてくださり、本当にありがとうございます）

莉杏は心の中で、この地を守る神々に感謝の言葉を述べる。

その間にラーナシュは祈りを捧げ終わっていたようで、もういいぞと莉杏を手招きしてくれた。

「少し前まではこの辺りをぐるりと囲むようにして咲いていた。もう別の花を植えたようだな。村人によると、もう少し奥に行けば自生のテトラプテラが残っているらしいから……」

ラーナシュは再び歩き出し、きょろきょろと足元を見る。

「う～ん……あっ、あったぞ！」

ラーナシュは喜びながらしゃがみこむ。

莉杏もしゃがみ、ラーナシュの指先を見てみた。

「テトラプテラは白いお花なのですね……！」

白いつぼみをつけているものが幾つかある。近くに薄紅色の枯れた花もあるけれど、こちらは違う花だろう。

「よし、折角だからこの村に泊まって咲くところを見ていこう。俺たちが急いで日帰りしても、北部に向かったヘキレイはさすがにまだ帰ってこないだろうからな」

「はい。明日には咲きそうですね」

「皇后殿、それは違うぞ」

ラーナシュは楽しそうに莉杏を見る。

「この花は月の光を浴びて咲く。——咲くのは今夜だ！」

莉杏は驚いた。『月の光を浴びて咲く』は、言葉通りの意味だったのだ。

ヴァルマ家の司祭は代々この村に祈りを捧げにきているので、なにかあったときのための別荘を建てていた。

莉杏たちはそこに泊まることになったので、陽が落ちるまで花の村をあちこち見て回る。

夕方、ラーナシュは莉杏を連れ、もう一度テトラプテラのところに行った。

すると、幾つかのつぼみがゆるりとほどけようとしている。

「わぁ……！」

「月が出てきたらぱっと咲くわけではない。夕方から夜にかけてゆっくり花開いて、月の光を存分に浴びて、朝にしぼむ。また夜中に見よう」

「はい！」

夜中、莉杏たちはもう一度外に出た。

今夜は満月に近い。月明かりで影ができてしまうほどだ。

莉杏は明るい夜を楽しみながら花の村を歩く。

「ほら、咲いているぞ」

「あ……！　花の色が……!?」

花びらの端がほんのりと薄紅色になっている。

周りにあったしおれた薄紅色の花はもしかして……と莉杏は確認してみた。

「色が変わるのですか!?」

「そうだ。テトラプテラは大地に咲く花だ。花は咲いたあと、夜空を見る。そして、夜空に浮かぶ月に恋をする」

「素敵なお話です……！」

莉杏は夜空の月を見上げる。

白い花が恋をして薄紅色になる。たった一晩の恋だけれど、花は月に出会えたことを喜ぶのだろう。

（もしも陛下とまた叉羅国に行くことがあれば……）

この村に立ちよりましょうと誘いたい。

月が出る夜、テトラプテラが咲くところをゆっくり見て、愛を語り合いたい。

「……恋をしている顔だな」

ふとラーナシュがそんなことを言う。

莉杏は微笑みながらラーナシュを見た。

「はい。陛下のことを考えていました」

「そうか。アルディティナ神とノルカウス神は夫婦神だから、皇帝殿と皇后殿がいつか揃ってテトラプテラを見にきてくれたら喜ぶだろう。今度は二人で花咲くところをゆっくり見てほしい」

ラーナシュはしゃがみこみ、白い花を楽しそうに見つめる。

「まぁ、皇帝殿には少々退屈かもしれないがな」

皇帝殿に花を愛でる趣味はなさそうだ、とラーナシュは笑った。

「陛下はたしかにお花に興味をもっていないのですが……」

ふふふ、と莉杏も笑う。

「わたくしに恋をしてくださった陛下なら、しかたなく一晩おつきあいしてくれると思います。そうなるようにがんばります！」

「なるほど！　皇帝殿が皇后殿に恋をしたら、つまらなくても花を一緒に見てくれる。それはとても素晴らしい作戦だ！」

ラーナシュは、夫婦は愛し合うべきだと莉杏を応援する。

「さぁ、そろそろ戻ろう。皇后殿が冷えすぎるのはよくない。愛しい夫の元へ帰るのがもっと遅くなってしまうからな」

「はい」

テトラプテラの満開の時期は終わっていたので、自生していたテトラプテラから種をたくさん採ることができた。

名残惜しい気持ちはあるけれど、莉杏が今すべきことは双秋のために種をもち帰ることである。満足するまで花を眺めるのは、次のお楽しみにしておこう。

碧玲はカシラムたちと共に、叉羅国の北部に向かっていた。

王宮にターゲスの花が咲き誇っているので、鉢植えにしてもち帰ることもできるけれど、叉羅国の首都と赤奏国の首都では暖かさが違う。種が採れる前に枯れてしまう可能性も充分にあった。

（たしかターゲスの種はまっすぐで硬いものがいいと……。皇帝陛下と皇后陛下のために、必ずこの任務をやりとげなければ……！）

碧玲には、ラーナシュの従者であるマレムがつきそってくれている。

今から行く村はヴァルマ家の別荘地になっているので、マレムがいるのなら異国人の碧玲でもそう危険はないだろう。

「では、僕らはここで失礼します」

大きな街道の分かれ道で、碧玲とカシラムは別れの挨拶をする。

碧玲はマレムに通訳を頼み、莉杏の代わりに丁寧な挨拶をしたのだけれど、カシラムはなかなか立ち去らなかった。

「……あの、二日だけ待ってもらってもいいでしょうか」

そして、カシラムは迷った末に妙なことを言い出す。

「ここで……ですか？」

碧玲は思わず周りを見てしまった。

「いいえ。ヘキレイが別荘地で用をすませて戻ってきたあと、時間があるならどこかで……」

「それはかまいませんが、なぜでしょうか」

　碧玲が理由を求めれば、カシラムは照れくさそうに笑った。

「赤奏国の武官が倒れたと聞きました。それで、ムラッカ国に伝わるよく効く薬を渡したいと思いまして……」

　その先は他のムラッカ国の者たちに聞かれたくないのか、カシラムの声が小さくなる。

「実は……赤奏国の皆さんにお世話になっている間、例の作戦を耳にしたんです。ぜひ僕にも協力させてください。素敵な花の種を貴女に託したいのです」

「……あっ」

　赤奏国で保護されていたカシラムは、ここで見聞きしたことは絶対に誰にも言わないという約束を莉杏としていた。だからあの計画に参加したいと皆の前で言えなかったのだろう。

「お心遣い痛み入ります。皇后陛下がお喜びになると思います。私は先ほど通った街でお待ちしております」

「僕がしたいと思っただけです。急ぎますね。ではまた」

　碧玲はカシラムを見送ったあと、さすがは我が国の皇后陛下だと満足げに頷く。

　莉杏の誕生日を祝おうとしている人が、叉羅国にもムラッカ国にもいる。それがとても誇らしかった。

薬の材料集めを始めてから四日後。

ついに材料が集まったので、医者が薬をつくり、双秋に飲ませてくれる。

莉杏はようやく双秋の見舞いを許された。

「双秋、具合はどうですか？」

「いやぁ、それがもうすっかりです。薬を飲んだら元気になっちゃいました〜！　これも材料を取りに行ってくださった皇后陛下のおかげですね」

莉杏は、双秋が気を使って無理をしているのではないかと心配になったけれど、顔色がよさそうなので本当に大丈夫なのかもしれない。

「進勇には、双秋を無理させないでほしいと言っておきました。馬に乗れる女官がいたので、双秋は馬車に乗りましょう」

莉杏の提案に、双秋は慌てて首を振る。

「本当にこの通り完全に回復しました！　ゆっくり休養できたので、むしろ力が有り余っているぐらいなんですよ！　大丈夫です、馬に乗って帰ります！」

双秋は腕をぐるぐる回し、体調は万全だと主張してきた。

莉杏はそれなら……と微笑む。

「病み上がりですし、体調に変化があれば進勇にすぐ相談してくださいね」

「お気遣いありがとうございます〜！　明日は早いので、皇后陛下はもうお休みください。俺も早めに寝ますね」

「はい！」

莉杏は再度の出発に向け、早々に寝室へ入った。

双秋はというと、やれやれと頭をかいてから別の部屋に向かう。

「……うわぁ、完全に怪しい集会ですね」

別室には、皇后の警護を担当する武官以外の者たちが集まっていた。灯りは蝋燭一本だけなのでとても暗いし、そのせいで雰囲気が重々しい。

「今、ちょうど確認を始めたところです。……俺のアルバは、ラーナシュ司祭さまを通じて株を分けてもらうことができました。既に荷馬車の中に運びこんであります」

海成は小声でぼそぼそと報告をしたあと、進勇を見る。

進勇は無言で頷き、くちを開いた。

「テトラプテラは、種と花の両方を手に入れました。こちらも既に馬車の中に運びこんであります」

次は……と、進勇は碧玲を見る。

「ターゲスの種を手に入れました。発芽しやすい丈夫な種を選んで荷馬車に積んでおき

ました。それから、カシラム王子殿下から皇后陛下にと、スカビオサの種を頂きました。水のやりすぎに注意してほしいと言われています」

碧玲は、カシラムもこの極秘計画に参加してくれたことを報告する。

すると、双秋は小さな声で笑いながら手を挙げた。

「イルも参加してくれましたよ。レオントという腹痛に効く花があって、乾燥させた葉と種をもっていたんです。お見舞いにきてくれたときに、実は花の種集めのための仮病だという話をしたら、このレオントの種をぜひ渡してほしいと頼まれました。ただ、あのバシュルク国の花の種なので、山の上の方に植えた方がいいでしょうね」

薬のつもりでもってきた種だから、きちんと発芽するのかはわからない。

バシュルク国と赤奏国は気候が違いすぎるので、発芽しても育つかどうかはわからない。

それでも、イルの気持ちを花という形で咲かせたいと皆が願った。

「ルディーナ王女殿下も参加してくれたぞ。大事にしているグロボサの花の種だ。今は植えても発芽しないだろう。夏前にまくといい」

ラーナシュは、発芽するのが楽しみだなと笑う。

それからも報告は続き、海成は最後の一人の報告を聞き終えたあと、手元の一覧を見てよしと頷いた。

「これで皇帝陛下からの極秘計画も完了しました。皆さん、お疲れさまです。あとは無事に帰るだけですね」

みんながよかったと笑い合う。

しかし、その中で一人だけ『よくない』という顔をしている男がいた。

よくないという顔をしてしまっている進勇は、おそるおそる海成に声をかける。

「……海成殿。あのときは上手く受け答えができずに、本当に申し訳ないことをした。改めて謝罪させてほしい」

「あのとき？」

海成は進勇に謝られるような心当たりがなくて、思わず聞き返してしまった。

「海成殿が恋に悩んでいるという……」

「ああ！　……あぁ～」

海成は、アルバの鉢植えを手に入れたときのことを思い出す。

ラーナシュから受け取った鉢植えを部屋に運びこもうとしたら、ちょうど廊下に出ようとしていた莉杏に会ってしまった。

海成は慌ててしまい、『これは鉢植えではなく、願いを叶える花の像』というとても酷い言い訳を莉杏にしてしまったのだ。

莉杏はその言い訳になんとか騙されてくれたけれど、今度は『願いを叶える花の像』というところが気になったらしい。

莉杏の「海成は悩みを抱えているのですね……」という呟きを聞いてしまった進勇は、女官の助けを借りて、海成は恋に悩んでいるという話をつくったのだ。

「いやいや、あれは気にしなくていいですよ」

海成は、そもそも自分の言い訳があまりにも雑だったと笑い、話をそこで終わらせようとした。

しかし、ラーナシュが興味津々という顔をしながら首を突っこんでくる。

「カイセイに恋の悩みだと!?」

妙な誤解が生まれそうになったことを察した海成は、すぐに事情を説明した。

「……という嘘を皇后陛下についただけです。極秘計画を知られそうになったとき、誤魔化すためにそういう話をつくったんですよ」

「そういうことなのか。うう～ん、ここは司祭らしく、恋に迷う者を教誨せねばならんと思ったんだが、とても残念だ」

善意というのは素晴らしいものだけれど、時々面倒臭いよなぁ……と海成はこっそり遠くを見てしまった。

すると、双秋の指がちょんちょんと海成の肩を叩いてくる。

「恋の相手ができたらこっそり教えてください～。俺と手を組んで一儲けしましょう」

双秋の満面の笑みが海成に向けられた。

海成は、賭博に手を出す気はなかったので、曖昧に笑って誤魔化すという得意技を披露する。

「そのときは相談しますね、ははは」

海成は再びこの話を終わらせようしたけれど、また別の人が首を突っこんできた。

「私は……海成の恋の悩みについてなにも知らないという設定にしてほしい。皇后陛下と恋の話をすることもあるから、そのうち海成の話題も出てくるだろう。上手く話を合わせる自信がないんだ」

困った顔をしている碧玲は、ため息をつく。

海成は、碧玲と莉杏の間で行われている恋の話の内容をまったく想像できなかった。これは人生で一番の難問かもしれない。

「わかりました。その設定でいきましょう。……碧玲殿の言う通り、もう少し設定を決めて、きちんと共有した方がいいかもしれませんね」

ここにいる複数の人間が莉杏の前でうっかり発言をしてしまったとき、話が食い違っていたら困る。

皇后『莉杏』は幼い少女だけれど、とても賢い人だ。矛盾点に気づけば、どういうことなのかと無邪気に聞いてくるだろう。

「恋に悩んでいるのなら、障壁があるはずです。それから万が一に備えて、皇后陛下が

『諦めて次の恋をしましょう』と言える相手にしておきたいです」

障壁が低いのであれば、赤奏国の最高権力者の力でどうにかできてしまう。そうならないように、絶対に結ばれない相手へ恋をしておきたい。

海成が恋愛話を得意としてそうな女官たちに意見を伺えば、彼女たちはすぐに候補を上げてくれた。

「そうですわね……。叉羅国のルディーナ王女殿下はどうでしょうか？　婚約者がいらっしゃいますし、異国の王女なので身分や国の違いというものもあります」

海成はたしかに……と納得しかけて、いやいやと首を振る。

「子どもを好きになるのは、俺の倫理観が許さないです。違う相手にしてください」

次の案を求めれば、また別の女官が新たな案を出してくれた。

「では、前に茘枝城へきてくださった白楼国の皓茉莉花さまはどうでしょうか？　どれだけ恋焦がれても、茉莉花さまは白楼国を捨てることができないので、絶対に結ばれることはない……素敵な悲恋ですわ」

女官がうっとりした顔でとんでもないことを言い出す。

海成はそれに素早く断りを入れた。

「すみません。茉莉花さんもやめてください。本当にそれだけはやめてください」

海成にとっての皓茉莉花という文官は、性別は違っているけれど、内面はとても似ている相手だ。鏡に映った自分に恋をすることはない。

「許されない恋……。なら、皇后陛下とか……？」

最も恐ろしいことをくちにしたのは進勇である。

海成は、物理的に自分の頭と胴体が離れてしまう未来を想像してしまった。

「俺はまだ死にたくありません……！」

それもやめてほしいと言えば、女官の一人はちらりと碧玲を見る。

「碧玲さまはいかがでしょうか？　碧玲さまが海成さまのお気持ちに応えなければ、一生片想いです」

「………」

海成は、その通りだけれどなんだかな……という気持ちになってしまった。

「ええっと、碧玲殿もちょっと……」

距離が近すぎて互いに大変なことになる気がする、と海成が思っていたら、別の女官が援護してくれた。

「碧玲さまは駄目よ。皇帝陛下の後ろ盾である翠家のご令嬢と、未来の宰相閣下の恋なんて、最高の組み合わせだもの。翠家が大喜びしながら碧玲さまに睡眠薬を飲ませ、勝手に結婚させてしまうわ」

「あら、碧玲さまも駄目なら……先の皇后陛下はどうかしら？」

「先の皇后陛下が海成さまへ本気になられたら困るわよ。まだお若い方だから、あり得なくないわね。でも夫がいた方というのはいい案だと思うわ」

女官たちはきゃあきゃあとはしゃぎながら、恐ろしいことを話している。

「女官長の従姉妹（いとこ）の友人の知人の姪のお嬢さんが気になっていたけれど、病気で最近亡くなってしまった、ということにしてください……！」

海成は無難な設定をつくったあと、この部屋から急いで出た。

「は～……」

やれやれと思っていたら、ラーナシュも部屋から出てくる。

お疲れさまでしたと言おうとしたら、ラーナシュはまったく別の話を始めた。

「カイセイ、たしか明日はいよいよ皇后殿の……」

海成はラーナシュの言おうとしていることを察し、あえてその言葉をさえぎる。

「お気持ちは嬉（うれ）しいですが、皇后陛下を最初にお祝いするのは、皇帝陛下であるべきだと思います」

海成の言葉に、ラーナシュは眼を大きくした。

「……たしかにそうだ！　では、祝いの手紙を書くから、向こうで渡してくれ」

「ありがとうございます。お任せください」

ラーナシュは頼んだぞと言いながら、爽やかな笑顔を浮かべる。

──莉杏を一番に祝いたい人がいる。

──莉杏にも一番に祝ってほしい人がいる。

アルディティナ神もノルカウス神も、赤奏国の皇帝夫妻の愛の絆を喜び、祝福を授けるだろう。


出立する莉杏たちの見送りに、ルディーナがきてくれた。

ルディーナは最初、とても寂しそうな顔をしていたけれど、ラーナシュに「また近々会えるだろう」と教えられてからは笑顔になる。

「あの男が元気になってよかったわ。さすがはサーラ国の医者よね」

「はい。叉羅国には本当にお世話になりました」

ルディーナは胸を張ったあと、ふと視線を下げ、莉杏を見たり自分の指を見たりした。

「……またハヌバッリにくるんでしょう？　次からは、王女であるわたしの客人にしてあげるわ。だから、もう普通に遊びにきてもいいのよ」

叉羅国の人々は、異国人を好まない。異国人は不幸をもちこむと言われているからだ。

しかし、叉羅国の人に招かれた者──……『客人』であれば歓迎される。

ルディーナはそれだけの重みのある言葉を莉杏にかけてくれたのだ。

「ありがとう。でもそれだけだとわたくしが寂しいので、手紙を書きますね」

「……！　そうね、手紙をもらったら返事を書かないといけないし、わたしも貴女に書いてあげるわ」

赤奏国の皇后が叉羅国の王女の客人になり、手紙のやりとりをすることになった。

これは、莉杏の外交が成功したというたしかな証拠である。

「皇后さまがまた訪問するまでにたくさん勉強するつもりよ。今度は私が色々教えてあげる」

ルディーナは、莉杏たちとの旅から多くのものを得て成長した。

きっとこれから先、知識をつけたルディーナの計画的な反抗に叉羅国はとても苦労するだろう。

莉杏は、ラーナシュの愚痴を聞く覚悟をしておかなければならない。

「楽しみにしていますね」

「そうしてちょうだい。それと他にも楽しみが……」

ルディーナはなにかを言いかけ、くちを慌てて閉じた。

「なんでもないわ！　手紙を待っているわよ」

別れの挨拶が終わればいよいよ出発だ。今回の外交は、これで一区切りになる。

（きっとまた、ルディーナ王女にもイルにもカシラム王子にも会えるはず）

成長した姿をみんなに見せたい。

そのためにも、帰国したら色々なことをもっと学んでいこう。

赤奏国の首都にある茘枝城へ戻ってきたときは、もう夜になっていた。

馬車から降りた莉杏は、自分の吐く息が白くて驚いてしまう。叉羅国の夜はたしかに冷えていたけれど、ここまでではなかった。

（帰ってきたんだ……！）

女官たちがすぐに外套を肩にかけてくれる。

莉杏は使節団の皆と共に茘枝城の建物に入り——……迎えてくれた人に驚いた。

「陛下……！」

莉杏は駆け出そうとしたけれど、ぐっと我慢する。

皆の前では皇帝と皇后という関係だ。優雅に帰国の挨拶をしなければならない。

「ただいま戻りました」

莉杏は拱手をして立礼する。

女官も文官も武官もそれに倣った。

「長旅、ご苦労だった。……報告は後でいい。まずはゆっくり休め」

「ありがとうございます」

もしも今すぐ報告しなければならないようなことが起きていたのなら、莉杏より早く早馬が茘枝城に到着している。

そんな事態になっていないということは、想定内の出来事しか起きなかったということでもある。

「行くぞ」

暁月は莉杏に手を差し伸べた。

莉杏は満面の笑みでその手を取り、暁月と共に歩き出す。

皇帝の私室に入れば、もう皇后らしくしなくてもいい。

莉杏は息を大きく吸う。

「陛下！　会いたかったです！」

感動の再会をするために、暁月に勢いよく飛びついた。

「はいはい」

暁月は莉杏の体調を密かに心配していた。暖かい国から冬の真っ最中の国に戻ってきたばかりだ。いつもより寒く感じているだろう。

（でも、大丈夫そうだな）

暁月は莉杏を抱きしめ返してやりながら、今日は久々に気持ちよく眠れそうな気がしてくる。

（こいつは温かいから……って、そうじゃなくて！）

暁月はわざわざ莉杏を迎えてやった目的をうっかり忘れそうになっていた。急いで莉杏を自分から引き剝がす。

「先に言っておかないといけないことがあるんだけどさぁ」

「あ、お仕事の話ですか!?」

莉杏の表情がきりっとしたのが面白くて、暁月はつい笑ってしまった。

「違うって。使節団の連中に先を越されるのはしかたなくても、茘枝城のやつらに先を越されるわけにはいかないからねぇ。数日遅れになったけれど……」

暁月は、まだわかっていない莉杏の手を取ってやる。

「――十四歳の誕生日、おめでとう」

莉杏の大きい瞳がさらに大きくなる。翡翠色の輝きが増す。

くちびるが震えたあと、ようやく小さなくちからもどかしげな声が出てきた。

「陛下、ありがとうございます！　嬉しいです……！」

莉杏は暁月の手をぎゅっと握り返す。

暁月にとっては弱い力だけれど、莉杏にとっては精いっぱいの力だということをわかっていた。

「わたくし、お誕生日のことをすっかり忘れていました……！」

嬉しいと瞳を潤ませる莉杏に、暁月は首をかしげる。

「……ん？　あんた、あいつらに祝ってもらわなかったわけ？」

「お祝いを述べてくださったのは、陛下が最初です！」

「あ〜、進勇たちはおれたちに無駄な気遣いをしたってことね。ご苦労なことで」

「はい！　素敵な気遣いでした！」

莉杏は誕生日のことを忘れていた。考えなければならないことがたくさんあったし、周りのみんながそのことをわざと言わないようにしてくれたおかげでもあるだろう。

「ちゃんと祝いの宴も贈りものもあるぜ。でもそれはまたあとでな」

「ありがとうございます！」

莉杏は再び暁月に抱きつく。

こんなに幸せなことがあってもいいのだろうかとうっとりした。

「最初のお祝いが陛下からだったので、わたくしは本当に幸せです……！」

「はぁ？　そんなに喜ぶことなわけ？」

　暁月は「こんなことで？」と呆れた声を出す。

「喜ぶことです！　一番ですよ！」

「あんたって安上がりな女だよねぇ……。おれとしては助かるけれどさ」

　じゃあ来年もそうするか、という言葉を暁月は呑みこんだ。莉杏をこれ以上喜ばせると、うるさくてしかたない。

「じゃあここからは仕事。会談はどうなった？」

　暁月は海成からの報告だけではなく、莉杏の話もしっかり聞くつもりでいた。

　皇后としての物の見方を教えられている莉杏と、臣下としての視点で見てきた海成では、目のつけどころが違うはずだ。

「第一回の会談では結論を出せなかったので、第二回の会談をすることになりました。日程と場所はもう決定済みです」

「へぇ。第一回の会談はどこが争点になった？」

「争点は、和平条約を結ぶこと以外のすべてです。ムラッカ国の使節団の責任者がヒズール王子のままでは話し合いにならないと判断し、バシュルク国と叉羅国の協力を得て、ヒズール王子の万が一のときの代役として同行していたカシラム王子の支援をしました。カシラム王子は、近隣諸国との友好関係を重視する方です。責任者の交代に成功したので、第二回の会談では前向きな話し合いができるようになるはずです」

カシラムを保護して赤奏国に連れ帰るという話は、暁月も知っている。

暁月はそんなことになったとはねぇと呟いた。

「あのムラッカ国でカシラム王子とやらがどこまでやれるのかはわからないが、もしも王になったら面白いな。これからはムラッカ国の動向をもう少し探っておくか」

——自国の利益に繋がりそうな異国の王子を密かに支援し、王にしてやる。

言葉にするのは簡単だけれど、実はとても難しい。けれどもこれが成功したら、ムラッカ国の新しい王による恩返しを期待できる。

「共通の敵ってのはありがたいねぇ。あのバシュルク国とも協力できるんだからさぁ」

暁月は、阿呆な王子も時々は役に立つなと笑う。

「陛下！　そうでした！」

莉杏はバシュルク国について大事なことを思い出した。暁月の望みが叶ったことを伝えなければならない。

「バシュルク国の傭兵を正式に雇ったという書類をもち帰りました！　わたくし個人で雇ったという形になりましたけれど、これがあれば次に繋がるかもしれません！」

——いつかはバシュルク国の傭兵を雇ってみたいんだよな。

茘枝城を出発する前、暁月はそんなことをたしかに言った。

「あのバシュルク国の傭兵を正式に雇っただと!?　……そうか、イルって傭兵との個人的な契約のままだと、バシュルク国は叉羅国に恩が売れなくなるのか」

「はい！　それでイル個人との契約を正式な契約に変えてほしいと頼まれました」

　暁月は、偶然が重なったこととはいえ、とんでもないお土産をもちかえってきてくれた莉杏に驚いてしまう。

（おれの皇后って……すごくないか⁉）

　暁月の身体がぞくりと震える。そのぐらい信じられないことだったのだ。

　暁月が直々に傭兵派遣の依頼の書状をバシュルク国に送っても、バシュルク国は絶対に暁月の依頼へ応じないだろう。

　バシュルク国の傭兵とは、こちらにとって都合のいい展開になったときに、さらに運が味方をしてくれて、ようやく一生に一度雇えるかどうかという相手なのだ。

「それから、バシュルク国のアシナリシュ・テュラ軍事顧問官から、交換留学の提案があります。正式なお返事は第二回の会談のときにしますと、言っておきました」

　暁月は、その一生に一度の好機を次に繋げることもしてくれた莉杏を抱きしめる。

「よくやった！」

　バシュルク国の傭兵を雇ったという事実があれば、赤奏国の評価を『白楼国の手を借りて復興しつつある』から『力をつけた強国』に変えることができるはずだ。

「わたくし、がんばりましたか⁉」

「ああ、がんばった！　どの国の妃もこんなことはできねぇよ」

晩月が喜べば、莉杏の頬は赤く染まる。

「いくらでもこのことを自慢していいからな」

暁月は莉杏の頭を撫でてやった。

嬉しそうにしている莉杏は、今はまだ『陛下に褒められた』というところばかりを見ている。どれだけすごいことをしたのかは、よくわかっていないだろう。

（いつか理解してくれよ。もっとおれと喜ぶために）

莉杏は皇后として最高の仕事をしてくれた。あとは自分がそれを活かせるかどうかだ。いや、活かしてみせる。

——情けない夫になってたまるかよ。

暁月が莉杏を自慢したくなったのだから、莉杏にもそうなってもらわないといけない。

「他の成果はあるか？」

「叉羅国のルディーナ王女が、客人としていつでも遊びにきてもいいと言ってくれました。これから季節ごとにお手紙を書こうと思います」

「へぇ、叉羅国の王女の客人になれたのか。きちんと外交してきたじゃねぇか」

わざわざ他の国まで行ったのだから、なにかあったときに味方してもらえるよう、仲のいい相手をたくさんつくっておくべきだ。

莉杏は大きな手柄の他に、未来のための種もしっかりまいてきてくれた。

「なら……」

それから暁月は、莉杏の話を時系列順に聞き、細かいところの確認をしていく。

最後の最後で莉杏が「双秋が病気になったので、みんなで薬の材料を集めに行きました」と報告したら、暁月は楽しそうに「それは期待できそうだ」とにやにや笑った。

「がんばってきたあんたにはご褒美をやるよ。ほしいものはある？」

「ご褒美……」

莉杏は少し考えたあと、はっとする。

「陛下！　わたくし、お約束してほしいことがあるのです！　それをご褒美にしてもいいですか⁉」

暁月は眼を細めてしまった。くだらない約束をさせられる予感しかしなかったのだ。

「約束ねぇ……。とりあえず言ってみろよ」

話を聞いてからだと暁月が言えば、莉杏は両手を頰に当てる。

「陛下がわたくしに恋をしてくださったら……」

「恋ぃ？」

「はい！　そのときは叉羅国の花の村にあるテトラプテラを一緒に見に行きたいのです！」

莉杏は、少し前に見た美しい光景を思い出し、うっとりする。

「あ！　テトラプテラはお花の名前です！　とても綺麗で可愛いのです……！」

「花はいいけれどさぁ……。なんで恋してからになるわけ？　恋人同士限定の阿呆らしい逸話でもあるわけ？」

暁月の疑問に、莉杏は力強く答えた。

「お花が咲くところを一緒に一晩中眺めていたいのです！　わたくしに恋をしている陛下なら、夜が明けるまでずっと一緒にいてくださるはずです！」

莉杏はその未来を想像し、今からきゃあと喜ぶ。

暁月はというと、呆れた顔をするしかなかった。

（……っていうかさぁ、最初から一緒に一晩中見てくれをご褒美に頼めば……、あ〜……そういうことか。『花を見ながら愛を語り合いたい』わけね）

恋をしていない暁月と見ても、愛を語り合う展開にはならない。

莉杏が立てている恋の計画は、暁月の想像以上にしっかりしているようだ。

「花ねぇ……。まぁ、いいけれど」

暁月は花に興味をもっていない。従者の泉永（せんえい）がせっせと部屋の花を取り替えていることは知っているけれど、いつ変わっているのかはよくわかっていなかった。

「陛下、テトラプテラの花は陽が沈んでから咲き始めるのです。最初は白い色の花なのに、月を見上げて月に恋をするので、花びらが薄紅色に染まっていくのですよ」

「ふ〜ん」

莉杏はテトラプテラの花の説明を一生懸命してくれる。

暁月は莉杏の話を半分ほど聞き流しながら、時間をかけて咲く花の様子を思い描いた。

「テトラプテラか……。あんたみたいな花だな」

暁月からぽろりと零れた言葉に、莉杏は眼を円くする。

「陛下はテトラプテラをご覧になったことがあるのですか？」

「見たことはないけれど、一応知ってはいる……って、名前だけな。そう、名前だけ。似てるって思ったのは、月に恋をしているところだよ」

「月？」

莉杏の恋の相手は暁月だ。

なぜ、と首をかしげたとき、莉杏は暁月の言いたいことに気づく。

「陛下のお名前……！　そうです、月という字が入っています！」

「あんたはいつもおれを見上げているしね」

興奮すると頬が紅く染まるところもテトラプテラに似ている、と暁月は思う。

「花をわざわざ見に行かなくても、あんたを見てたら充分だ………って、おい。なんだよ、その顔は」

莉杏の眼がきらきらしている。こういうときは、暁月にはちっとも理解できないことを考えているはずだ。

「……陛下！」

莉杏が飛びついてきて、小さな手でしっかりと暁月の服を握った。

「今の言葉はすごいです！　とてもすごいです！　ときめきすぎて大変です！」

「はぁ？」

暁月は莉杏の勢いに戸惑う。

逆に莉杏は、どんどん興奮していった。

「物語の中の台詞のようでした……！　わたくしに恋をしたらもう一度言ってください！　お願いします！」

「……こんな言葉でいいわけ？」

「はい！」

もう駄目、と莉杏は暁月にぎゅうぎゅうとしがみついてくる。

暁月は、なにが駄目なのかさっぱりわからなかった。

（まぁ、今日ぐらいはいいか）

莉杏は外交をがんばってきた。最高の土産を幾つももち帰ってきてくれた。

求められた『花を見にいく』というご褒美は、自分の用意していたものと少々かぶってしまったので、恋をしたらこの台詞をもう一度言ってやろう。


使節団の武官と文官は、それぞれ必要な報告を終えたあと、ようやく解散する。

進勇は、茘枝城の官吏に入れてもらった熱いだけの茶を飲みつつ、やっと肩の力を抜いた。

「色々あったが、無事に帰ることができてよかった」

ムラッカ国の王子を保護し、バシュルク国の傭兵を同行させることになり、叉羅国の内乱に巻きこまれ、会談がようやく始まったかと思えば、ムラッカ国の王子の動向にずっと気をつけなければならなかった。

報告書はとんでもない量になってしまったけれど、真面目な進勇はなにかある度にせっせと書いていたので、最後の確認が大変だと言うだけで済んでいる。

「皇帝陛下の極秘計画も無事に終わらせることができた。あとは皇后陛下の誕生日を祝う宴の警護だけだな」

碧玲が気合を入れ直している横で、海成はため息をつく。

「――いいえ。もうあと一つ、大きな問題が残っていますよ」

そして、個人的に集めていた紙を広げた。

「あ～……」

双秋(そうしゅう)は紙に描かれているものを見て、そうだったと冷や汗をかく。

「ルディーナ王女殿下からの頼まれものがありましたね……。皇后陛下がルディーナ王女殿下からの贈りものに喜んでいるところを絵にするという……」

帰り道、みんなでこっそり『皇后』というお題で絵を描く練習をした。その結果が海成の元に集まったのだけれど……そこそこ上手いからとても残念なものまで、様々な絵がある。

「これ、誰が描いたんですか？　完全に犯罪者の人相画じゃないですか」

一言どころか三言多いと言われる双秋が一枚の紙を指させば、進勇はうなだれた。

「すまない……。俺だ……」

「いやぁ！　人相画としてはよくできていますって！　街中に今すぐ貼れそうですよ！」

双秋は必死に進勇を励まし、また別の紙を手に取る。

「こっちは……、……」

双秋はとある紙を見て、なにかを言おうとしたけれどやめた。なにを言っても悪口にしかならない絵というのも、この世には存在している。

「墨一色で描いたから、皇后陛下の翡翠色の瞳が上手く表現できなかった……」

碧玲が双秋の手にある絵を見ながら、鍛錬が足りないことを反省していた。

双秋は、そういうことじゃないんですよ〜と言いたいのを我慢する。その先は、なにを言っても悪口にしかならない。

「おお、そこそこのものもありますね」

「俺の絵です」

「海成殿の絵でしたか。さすがです〜！」

これは、皇后を描いていることがきちんとわかる絵だ。海成の絵心は素晴らしい。

ちなみに双秋の絵は、女の子だとわかるだけであった。

「女官の皆さんは、皇后陛下の歩揺や衣装の特徴を細かく描きこんでいますね」

海成は、進勇が描いた人相画のようなものと、女官が描いた衣装案のようなものを比べた。普段、人間をどう見ているのかが絵にわかりやすく現れている。

「できる限りの努力をみんなでしておきましょう。俺は喜んだ様子を叉羅語の文章にして、絵に添えておきますね」

「あっ⁉　海成殿、それってずるくないですか⁉」

そうやってみんなでわいわい騒いでいると、同行していた他の文官や武官も集まってきて、自然と絵の品評会になった。

すると、夜遅くまで残っていた官吏たちもなんだなんだと見にきて、絵心に自信のある者が筆をもち、自分も参加したいと言い出す。

海成は賑やかな光景を見ながら、とても不思議な感覚を味わった。

(茘枝城は本当に変わった。……それに違和感を覚えないほど、俺たちも変わった)

夜の茘枝城に官吏の明るい声が響くなんてこと、暁月が即位するまでなかった。

――皇帝夫妻の力は本当にすごい。

この先、国を揺るがすような大きなことが起きたとしても、皇帝夫妻が導いてくれるならなんとかなるだろう。

終章

皇后『莉杏』の誕生日の祝いの宴は、皇帝の誕生日とは違って、正式な国の行事というわけではない。あくまでも皇帝が皇后を祝うという形である。

暁月は、派手すぎるものはよくないと言ったけれど、質素なものにすることもなかった。

――陽が昇ると同時に、荔枝城の正門が開け放たれる。

暁月と莉杏は中門を入ってすぐのところにつくられた祭壇の前で、朱雀神獣に祈りと荔枝の枝を捧げる。

中門の手前まで入ることを許された民たちが見守る中、荔枝の枯れ枝でつくられた松明に火が灯された。これを一日中燃やし続けることで、祝いの場に悪いものをよせつけないようにするのだ。

「ねぇ、皇后陛下を見て！　なんて素敵な御衣装なのかしら……！」

皇帝『暁月』から皇后『莉杏』への贈りものは、新しい正装だった。

皇后の衣装に使われた最高級の絹地は、皇帝への献上品だ。それは皇帝のみが使える鮮やかな紅色で染められていて、皇帝の寵愛を一身に注がれていることが一目でわかるようになっている。

この上衣には、金、銀、青、緑の糸を使った見事な刺繍があり、茘枝の花や牡丹が咲き誇り、朱雀神獣が遊びにきたことを示す羽根も舞っていた。

袖や裾の飾りには宝石や真珠が使われ、動くたびにしゃらしゃらと音が鳴る。

ただの人なら、この絢爛豪華な衣装に負けてしまい、皆の視線が衣装や飾りに向かうだろう。

しかし、莉杏はいずれ絶世の美姫になると言われている愛らしい少女だ。この上衣にも、宝石をつけた歩揺にも、耳飾りにも負けず、見事に光り輝いていた。

暁月がそんな莉杏の手を引きながら歩くという仲睦まじい光景に、民たちは見惚れてしまう。

「赤奏国は安泰だ。今代の皇帝夫妻は民想いの方々だからな」

「夫婦仲がとてもいいらしい。だから朱雀神獣さまがお二人に加護を授けてくださっているんだろう」

「皇太子殿下も素晴らしい方だそうだ。民のために作物の改良に取り組むとか」

皆が口々に皇帝夫婦や皇太子を讃えていると、莉杏の祝いの宴がついに始まった。

楽団が荘厳な楽曲を奏で始めれば、親しくしている国からの使者が次々に現れる。

莉杏は暁月の隣に座り、祝いの言葉と祝いの品を受け取り、礼を述べた。

「まぁ……！　とても素晴らしいですわ」

祝いの品は様々だった。

宝石、絹、貴重な香、香辛料、銀細工で飾られた宝石箱、象牙の彫刻、音楽と舞踊、皇后を讃える詩歌や書――……莉杏はひとつひとつに喜ぶ。

莉杏の皇后教育の成果はしっかり出ていて、使者の説明の言葉に何度も頷き、祝いの品について詳しくないとできない質問をして話を弾ませた。

使者たちは、莉杏が幼くても賢いことを自分の眼で確かめることになる。そして、次はただ豪華なものではなく、皇后が気に入りそうなものを選ばなくてはならないと気を引きしめた。

「美しいだけの宝石では駄目だ。喜びそうな逸話のあるものがいい」

「白楼国は楽団と舞踊団を連れてきたのか！　なるほど、舞姫に自国のものを身につけさせておけばいい宣伝になる」

「次は我が国の技術を披露できるものにしよう」

使者の視線を集めている幼き皇后は、賢いだけではなく、皇帝に愛されてもいる。

莉杏の隣で満足そうにしている暁月の姿を見た者は、一目でそれを実感できるだろう。

皇帝に気に入られたいのなら皇后を丁重に扱わなければならないと、誰もが思うようになった。

「赤奏国の未来は輝かしいものになるぞ」

官吏たちは忙しく動きながらも、充実感を味わう。

数十年の間、皇帝が戦争と贅沢に溺れている姿を官吏たちは見続けてきた。

皇帝が皇后をきちんと大事にしていたり、皇帝夫妻がどんな贈りものにも喜んだりするところを見ていると、明るい未来に向かっていることを信じられる。

「火と菓子が配られるぞ～！」

各国の使者を招いた祝いの宴は、昼で終わりだ。

夜は後宮で皇后を祝う宴がまた開かれるのだけれど、その前に悪いものをよせつけないための火と祝い菓子が、城下町の人々へ分け与えられることになっていた。

本来は酒が振る舞われるのだけれど、皇后がまだ幼いため、暁月が魔除けの火と菓子にしようと言ったのだ。

城下町の人々は、分け与えられた火を紅灯に移し、玄関の前に吊るす。

——城下町が、魔を祓う紅い灯りに照らされた。

これは赤奏国にとってごく普通の光景なのだけれど、異国からやってきた使者は、その幻想的な光景に眼を奪われる。

ある者は絵に残そうとし、ある者は詩に残そうとした。

「なんて素晴らしい……！」

これは人生で一度は見るべきものだと、祝いの使者たちは興奮する。

礼部の文官たちは彼らの喜ぶ姿を見て、たしかに綺麗だけれどそんなに驚くものだろうか、と首をかしげていた。

「おおっと、これは商売の匂いがしますねぇ。武官を辞めさせられたら、これで一儲けしますか」

「……おい、双秋」

文官や武官の中には、金儲けできることに気づいた者もいる。

これをきっかけにして、茘枝の枝を燃やしてつくった炎を紅灯に移し、見物客を呼びこむという祭りが、赤奏国に生まれた。

茘枝城でも紅灯を掲げる習慣ができ、行事ごとに城を赤くするようになる。

「莉杏、ちょっとこっちにこい」

後宮での宴は、普通なら夜遅くまで続くだろう。

しかし、莉杏はまだ幼いので、暁月はそこまでしなくてもいいと女官長に言っておいた。

宴を早めに終わらせたあと、暁月は莉杏を茘枝城内の庭に連れて行く。

「うわぁ……！」

灯りがないと足下が見えないだろうと思い、暁月は庭を紅灯で照らしておくように言っておいた。

綺麗な光景をつくりたかったわけではないけれど、莉杏が楽しんでいるのでまあいいかと思うことにする。

今日の莉杏は、朝から皇后らしくするためにがんばっていた。けれども、ついに暁月と二人きりだ。素直にこの美しい光景を喜ぶ。

「綺麗です……！」

紅色の灯りが庭を幻想的に照らしている。

いつまでも見ていられそうだと、莉杏は眼を輝かせた。

「城下町もこんな感じになっているだろうな。火を分けてやったからさ。……でも、ここまで金がかかってるのはこの辺りだけだ。——誕生日、おめでとう」

「ありがとうございます、陛下！」

莉杏は暁月からの誕生日の贈りものを改めて見て、瞳を揺らめかせる。

（幸せすぎてどうにかなってしまいそう……！）

莉杏にとっては、庭を飾ろうと言い出してくれた暁月の気持ちと、準備の手間暇と、共に見てくれたという記憶……それらすべてが贈りものだ。

「まだ満足するなって。誕生日の贈りものは今から渡すんだよ」

暁月は、はしゃぐ莉杏に呆れた声を出す。

莉杏は「あれ？」と思い、瞬きを繰り返した。

「わたくしは陛下からの誕生日の贈りものを頂いたはずですが……」

豪華な正装が朝一番に後宮へ届けられていた。それを身につけて今日の宴を楽しんだ。

あれは贈りものではなかったのかな……？　と莉杏は首をかしげる。

「正装は皇帝からの贈りものだ。おれ個人からの祝いも用意しておいたんだよ。ほら、あそこ」

「えぇっ⁉」

暁月は少し先を指差す。

莉杏の眼には、なにもない場所に見えてしまった。慌てて近づいてみたけれど、やはり地面があるだけだ。

「種を植えておいた」

「……種ですか？」

「そ。おれからは牡丹だ。海成からはアルバ、ラーナシュと進勇からはテトラプテラ、碧玲からはターゲス、叉羅国の王女からはグロボサ、ムラッカ国のカシラムからはスカビオサ、バシュルク国のイルって傭兵からはレオント、珀陽や茉莉花からは……って、面倒くせぇ。他にもあるから、あとで一覧を見ておけ」

莉杏は聞き覚えのある花の名前と、それらを用意してくれた人たちの名前を聞いて驚いてしまった。

（ラーナシュと進勇からのテトラプテラ……⁉　それに碧玲のターゲス……！）

もしかして、と気づく。

双秋の病気を治すために、皆があちこちへ薬の材料を取りに行ってくれた。けれども、本当の目的は別のところにあったのではないだろうか。

「全部ここに植えたわけじゃないけれどな。気候の問題で山の上に植えたものとかもあるし、まだ時季じゃなくてあとで植えるものもある」

暁月は山のある方角を見て「あっちだ」と指差す。

「芽吹くときも、大きくなるときも、どんな花が咲くのかを考えるときも、花が咲くときも、種が採れるようになるときも、おれが一緒にいてやるよ」

莉杏は、大きな瞳をさらに大きくしてしまった。

暁月からの贈りものは、渡して終わりになるものではない。これからもっともっと嬉しくなる贈りものだ。

（これから陛下と一緒に花を育てる……！）

芽が出ないことに悩んだり、無事に芽が出たら喜んだり、大雨のときに不安になったり、逆に水が足りないことに騒いだり……なにかを育てるというのはとても大変だということを、莉杏は茘枝の木の世話をしてきたので知っている。

大変だけれど楽しい日々を、暁月とすべて共有していくのだろう。

——これ以上の贈りものがあるのだろうか。

莉杏の胸が熱くなる。

嬉しくて大喜びしたいのに、声が上手く出てこない。

暁月の顔を見上げて視線で訴えることが、今できる精いっぱいだ。

「陛下……！」

「まだこれで終わりじゃないぞ。ただ花の世話をするだけじゃなくて、新しい品種をつくるつもりだ。おれたちでつくった新しい花を赤奏国中に咲かそうぜ」

暁月と一緒に新しい花をつくる。

それを育てて、国中に広めていく。

――なんて素敵なの！

早く見たい。そして、みんなにも見てほしい。

いつか赤奏国の人々に愛される花になってくれたら、本当に嬉しい。

「ありがとうございます……！」

莉杏の瞳が感激で潤む。

この喜びをもっとたくさんの言葉で暁月に伝えたいのに、胸がいっぱいでなかなか言葉になってくれない。

「陛下、わたくし、……陛下のことが好きです！」

結局、出てきたのはいつも言っている言葉だった。

そして、暁月のくちからも、いつもの言葉が出てくる。

「はいはい、知ってる」

「本当に好きなんです！　大好き……！」

莉杏は暁月に手をうんと伸ばした。すると、暁月に抱き上げてもらえる。

この気持ちをもっと伝えたくて、暁月にぎゅっと抱きついた。これでは足りない。もっともっと喜んでいることをわかってほしい。

「今夜は絶対に眠れません……！」

「あっそ。そんなこと言ってもあんたは寝るだろうな」

「寝ません！　陛下にたくさんお礼を言います！」

「もう充分だから、さっさとおれを寝かせてくれよ。おれは朝から働いて疲れてるんだって」

そんなことを言いながらも、暁月は莉杏を抱えたまま庭を歩く。

冬の夜は寒い。けれども、こうやってくっついていると温かい。

「……陛下。わたくし、一つだけわがままを言ってもいいですか？」

「言うだけならいいぜ。それを叶えてやるかはまた別の話だ」

莉杏はえへへと笑いながら、暁月の耳にくちをよせる。

「わたくし、来年の誕生日の贈りものもお花の種がいいです」

「はぁ？　来年もこれ？」

暁月の呆れ声に、莉杏は満面の笑みで応えた。

「はい！　来年も陛下と一緒にお花を育てたいのです！　再来年も、その次の年も……！」

莉杏の『わがまま』に暁月は眼を細めた。

「それ、わがままどころか、本当に単純で助かるんだけれど？　……なら、どんな花にするかぐらいはおれの方で考えるか。咲く花を知らない方が楽しめるだろうしな。気が変わったら早めに言えよ」

「気が変わることはありません！　ずっとお花の種がいいのです……！」

「へぇ？」

暁月は『信じていない』と言わんばかりに笑う。

莉杏は信じてほしくて「本当です！」と必死に訴えた。

「陛下に植えて頂いた花が、どんな形でどんな色になるのか楽しみです！」

「上手く育つといいよねぇ。もし綺麗な花が咲いたら……」

暁月はそこで言葉を止めた。

莉杏がどうしたのかと見上げてきたので、未来を想像していた暁月は表情を少しだけ和らげる。

「この先は、そのときのお楽しみにしておくか」

「お花が咲いたらなにかあるのですか⁉」

「あるかもしれないし、ないかもしれないな」

晓月は、莉杏が旅立っている最中ではなく、数年前から用意できていたら……と考え、自分に呆れてしまった。

莉杏に出会ったのは約一年前だ。数年前からの準備なんて、絶対に不可能なことである。

（もっと前に出会っていた気がしたけれど、まだ一年なんだよな）

だったら、最初の誕生日の本当の贈りものが遅くなってもしかたない。


——ここに植えた牡丹を品種改良して、『莉杏』という名前をつけたい。


暁月が莉杏に贈りたかったものは、莉杏の名前をつけた牡丹が赤奏国で愛されている光景だ。牡丹は薬にもなる。見て楽しむだけではなく、民を助ける花にもなるだろう。

（成功したら……ようやく一年目の贈りものになる）

好きなやつには手間暇かけたい、と暁月は莉杏に言ったことがある。

多分、品種改良に成功するころには、手間暇をかけてくれた過去の自分に感謝しているだろう。

「陛下、わたくしの誕生日は、実はわたくしたちが夫婦になった日でもあるのです！　あの日のことを覚えていますか？」

「はぁ？　忘れるわけないだろ。おれが即位した日でもあるんだけど」

「はい！　悲しいこともたくさんあった日です。……来年も、再来年も、そのあともずっと陛下と一緒に喜んで、亡くなった方々を悼んで、この日を大事にしていきたいです」

暁月は、莉杏を抱える腕に力をこめた。

『あんたは自分の誕生日をただ喜べばいいんだよ』と言ってやることはできない。

莉杏は皇后で、嬉しいことも悲しいこともきちんと知らなければならないし、責任を取らなければならないのだ。

暁月が莉杏にしてやれるのは、こうやって共にいることだけである。

「……そうだねぇ。毎年この日を大事にしていくしかないんだよな、おれたちは」

それから、莉杏も大事にしていこう。自分たちは夫婦だから、莉杏を大事にすることに特別な理由は必要ない。

暁月はそのことに少しだけ助かったと思ってしまった。

——数年後。

皇帝が皇后のためにつくった花の庭には、四季ごとに色とりどりの花が咲いていた。白い花、赤い花、黄色い花……大きな花に小さな花。花を咲かせることはなくても、誰かを助ける薬になる植物も植えられている。

ここには、鳥や蝶が花粉や蜜を求めてやってくるようになっていたので、小さな水遊び場もつくられていた。

「わぁ……！」

幼さがすっかり抜け、美しいという言葉が真っ先に出てくるようになった皇后『莉杏』は、見事に咲いた牡丹を見て翡翠色の瞳を輝かせる。

牡丹を見るために屈めば、艶やかな黒髪がさらりと動き、花へ触れそうになった。

「気をつけろ」

隣にいた皇帝『暁月』は、莉杏の髪をぱっと押さえ、花粉がつくのを阻止する。

莉杏は暁月の優しさに微笑み、感謝の言葉を述べた。

「ありがとうございます。……陛下、見てください。わたくしたちの牡丹が咲きました！」

暁月と一緒に品種改良している牡丹が、今年も咲いた。

この牡丹は珊瑚色の花びらで、枚数がとても多い。花びらの先はほのかに赤い。

華やかで可愛らしいこの牡丹は、いつか赤奏国中で咲くだろう。

「あとは暑さにも強くなってほしいんだけれどねぇ」

「はい！　引き続きがんばります！」

莉杏の愛情が注がれているこの牡丹には、まだ課題も多い。

それでもこの牡丹は莉杏の愛に応え、毎年立派な花をつけてくれる。

「ルディーナ王女から頂いたグロボサの樹も大きくなりましたね。株分けして、茘枝城にたくさん植えたいです。春は茘枝の白い花、夏はグロボサの赤い花……どの季節も花が楽しめるようになりますように……！」

莉杏はその光景を想像し、うっとりと眼を伏せる。

暁月はというと、こうやって莉杏と花の世話をするようになっても、やはり花に興味を抱けなかった。けれども、莉杏が喜んでいる姿を見るのは悪くないと思う。

「……数年前と比べると、花が増えたねぇ」

一年目は、庭師の手を借りつつも、暁月と莉杏だけでどうにかなる大きさの庭だった。しかし、皇帝と皇后のご機嫌取りをしたい者たちが、皇帝夫妻が花を育てているという話を聞きつけたらしく、大事にしている花や珍しい木を献上してきたのだ。

莉杏と暁月は、庭師に手伝ってもらいながら献上されたものを植え、それらをせっせと咲かせた。すると、いつの間にか皇帝夫妻の庭に『花の庭』という呼び名がつけられていた。そして今は、その名前が国中に広まっている。

花の庭は、物語や詩歌や劇の題名になったり、題材になったりしていて、民たちに大人気らしい。

「……ふん」

暁月は、『花の庭』を楽しんでいる人々を鼻で笑う。

本物の花の庭で、本物の皇后『莉杏』を楽しんでいるのは自分だけだ。

その事実は、暁月の気分をとてもよくしてくれた。

終

あとがき

こんにちは、石田リンネです。

この度は『十三歳の誕生日、皇后になりました。9』を手に取っていただき、本当にありがとうございます。


第9巻は、会談の仲裁役に挑む話です。

成長したルディーナ、明るくて一生懸命なイル、進むべき道を悩むカシラムたちと共に、莉杏がどの未来を選び取るのかを見守ってください。

そして同時に、暁月が莉杏をどう祝うのかも楽しんでください！

今回、沢山の花を出しました。折角なので、執筆や改稿作業が落ち着いたら、植物園に行ってみようと思います。


コミカライズに関するお知らせです。秋田書店様の『月刊プリンセス』にて連載中の青井みと先生によるコミカライズ版『十三歳の誕生日、皇后になりました。』の第一～五巻が絶賛発売中です！

可愛くて一生懸命な莉杏と、莉杏が恋をした格好いい暁月を、素敵なコミカライズ版でも楽しんでください。


この作品を刊行するにあたってお世話になった方々にお礼を申し上げます。

ご指導くださった担当様、少し先の素敵な未来を表紙カバーに描いてくださったIzumi先生、コミカライズを担当してくださっている青井みと先生、当作品に関わってくださった多くの皆様、手紙やメール、SNS等にて温かい言葉をくださった方々、いつも本当にありがとうございます。これからもよろしくお願いいたします。


最後に、この本を読んでくださった皆様へ。

読み終えたときに少しでも面白かったと思えるような物語であることを祈っております。

次回、いよいよ最終巻です。

最後まで応援よろしくお願いします！

石田リンネ

■ご意見、ご感想をお寄せください。
《ファンレターの宛先》
〒102-8177 東京都千代田区富士見 2-13-3
株式会社KADOKAWA ビーズログ文庫編集部
石田リンネ 先生・Izumi 先生

●お問い合わせ
https://www.kadokawa.co.jp/（「お問い合わせ」へお進みください）
※内容によっては、お答えできない場合があります。
※サポートは日本国内のみとさせていただきます。
※Japanese text only

十三歳の誕生日、皇后になりました。9

石田リンネ

2024年1月15日 初版発行

発行者　山下直久
発行　株式会社 KADOKAWA
〒102-8177 東京都千代田区富士見 2-13-3
（ナビダイヤル）0570-002-301
デザイン　島田絵里子
印刷所　TOPPAN株式会社
製本所　TOPPAN株式会社

ISBN978-4-04-737791-2 C0193

定価はカバーに表示してあります。

◇◇◇